BIBLIOTHÈQUE

DE LA

JEUNESSE CHRÉTIENNE

APPROUVÉE

PAR Mgr L'ARCHEVÊQUE DE TOURS

1re SÉRIE IN-18

Tu devras bien apprendre à connaître, à aimer et à servir le bon Dieu, n'est-ce pas mon enfant.

LA

BONNE FRIDOLINE

ET LA

MÉCHANTE DOROTHÉE

TRADUIT DE L'ALLEMAND
DE CHRISTOPHE SCHMID
PAR LOUIS FRIEDEL

—

NEUVIÈME ÉDITION

TOURS

ALFRED MAME ET FILS, ÉDITEURS

—

1868

LA BONNE FRIDOLINE ET LA MÉCHANTE DOROTHÉE

CHAPITRE I

La colombe.

« Chère et bonne Fridoline, continue toujours d'être pieuse et sage, conserve ces sentiments d'amour filial dont ton cœur est animé, et le Dieu tout-puissant, qui connaît chacune de tes pensées, te bénira dans sa miséricorde infinie, et t'accordera la grâce de devenir une jour la consolation et la joie de ma vieillesse. »

Ainsi parlait M. Verner à sa fille chérie, qu'il pressait avec amour contre son cœur, tandis qu'une larme de joie et d'attendrissement venait mouiller sa paupière.

M. Verner était un riche négociant, un homme de bien dans toute l'acception du mot. Il faisait alors un commerce de laines très-étendu, et son nom et sa signature jouissaient d'une estime et d'une confiance bien méritées. Sa probité, l'ordre qui régnait dans sa maison et le bien qu'il faisait aux pauvres lui avaient gagné la considération générale. Il consacrait ses moments de loisir à l'éducation de sa fille unique. Il eut soin de l'habituer à prier Dieu chaque jour avec lui, à implorer sa grâce et à remercier l'éternelle source de tout bien, des occasions et des moyens qu'il en recevait de secourir ses semblables. La mort lui ayant de bonne heure enlevé son épouse, il ne voulut point confier son enfant à des mains étrangères; lui-même il déposa les germes de la vertu et de la religion dans ce jeune cœur, et son bonheur fut inexprimable quand il vit ces germes précieux pousser de profondes racines. Fridoline croissait en âge et en beauté; mais ce qui valait bien mieux que cette beauté périssable, c'était la bonté de son cœur, la pureté de son âme, ses sentiments de piété et sa parfaite soumission à la volonté de Dieu. Le souvenir de sa tendre mère était profondément gravé dans sa mémoire, et c'était précisément le jour anniversaire de sa mort que Fridoline s'était rendue au cimetière pour orner de nouvelles fleurs la tombe où elle reposait; elle y fut surprise par son père, qu'amenaient au même lieu de douloureux regrets, et qui, touché de cet acte de piété filiale, l'embrassait avec des larmes de joie, et lui tenait le discours que nous venons de rapporter.

Fridoline, alors âgée de seize ans, était une jeune personne charmante, estimée et chérie de tout le monde pour sa piété, sa vertu et sa modestie, lorsque la divine Providence fit descendre sur elle le calice des adversités, afin de mettre ses vertus à l'épreuve, et de les rendre plus dignes encore des récompenses célestes.

Une maladie douloureuse, dont M. Verner venait d'être frappé, lui avait affecté les yeux à tel point, que le malheureux père était menacé de devenir aveugle. Par la grâce de Dieu et l'assistance d'un habile médecin (car que pourrait la science humaine sans la volonté divine?), le mal disparut, sinon en entier, du moins en majeure partie. Mais il lui en resta toutefois une si grande faiblesse dans la vue, qu'il fut contraint de renoncer à tenir lui-même ses écritures, et de confier les travaux de son comptoir à des étrangers.

Des inquiétudes plus sérieuses encore que ce funeste accident tourmentaient son esprit. Depuis plusieurs années, une guerre désastreuse désolait l'Allemagne; de toutes parts arrivaient des nouvelles affligeantes; des maisons de commerce des plus solides et des mieux famées firent faillite, et en entraînèrent d'autres dans leur chute.

Ces tristes nouvelles jetèrent le pauvre Verner dans les alarmes. «O Seigneur mon Dieu, s'écriait-il souvent quand il se voyait seul et sans témoin, s'il est décidé dans vos impénétrables desseins que je doive aussi être victime de ces catastrophes commerciales, et perdre le fruit de mon travail, de ma probité et de mon économie, accordez-moi la grâce de supporter ce revers avec la résignation d'un chrétien animé de votre saint amour. Déjà vous avez daigné me préparer une consolation pour mes vieux jours en me donnant une enfant si vertueuse et si digne de ma tendresse. Faites encore dans votre miséricorde que, si je dois succomber, je succombe du moins sans déshonneur. »

Les craintes de Verner n'étaient que trop fondées; deux fortes maisons avec lesquelles il avait fait beaucoup d'affaires suspendirent leurs paiements et furent déclarées en état de faillite. Verner perdit des sommes considérables et ne put continuer son commerce. Le bon Verner, ressemblant alors au navigateur qui lutte pour tenir tête à l'orage, vendit tout ce qu'il possédait, et paya toutes ses dettes sans rien faire perdre à personne. Mais toute sa fortune fut anéantie par ce sacrifice, et il tomba dans un état voisin de la misère. Alors il alla habiter avec sa fille un humble réduit dans la partie la plus retirée de la ville, avec la triste perspective d'y finir le reste de ses jours au milieu des plus dures privations.

Tous les honnêtes gens plaignaient son infortune; mais ceux qui auraient volé à son secours lorsqu'il en était encore temps, ne le pouvaient pas; et les riches, dans leur sotte arrogance, fermaient leur cœur à tout sentiment d'humanité; plusieurs même de ces gens, jaloux autrefois de sa prospérité, avaient la bassesse de se réjouir en secret de le voir malheureux.

Mais ne te décourage point, pauvre Verner :

il existe un Dieu au-dessus de nous, qui recueille chacune des larmes et tous les soupirs de l'infortuné dans les balances de sa miséricorde, et qui, touché de ton inébranlable confiance en sa sollicitude paternelle, saura un jour compenser tes douleurs par une centuple mesure de joie et de bénédictions. Sa main est toujours assez puissante pour relever ceux que l'adversité a frappés, et qui persévèrent dans la foi et dans la vertu.

Déjà, avant cette fatale catastrophe, lorsqu'il ne faisait encore que prévoir son malheur qui s'avançait à pas de géant, cette excellent père avait tremblé pour sa chère Fridoline. L'indigence dont ils étaient menacés lui paraissait mille fois plus redoutable à cause d'elle. Aussi avec quelle douce joie il recueillit les heureux fruits de la bonne éducation qu'il lui avait donnée! Fridoline ne témoignait jamais le moindre chagrin de sa nouvelle position, quoiqu'en secret son cœur saignât en pensant à son père. Soumise à son sort avec une pieuse résignation, c'était pour le meilleur des pères qu'elle ne cessait d'implorer l'assistance divine, et c'était elle maintenant qui cherchait par ses douces consolations à ranimer la confiance et le courage abattu du malheureux vieillard. Elle prévit bien que les faibles débris sauvés après leur naufrage n'offriraient que des ressources insuffisantes pour se procurer les choses les plus indispensables à la vie. Aussi combien d'actions de grâces ne rendit-elle pas à l'Éternel d'avoir appris dans ses jours de bonheur à faire toutes sortes d'ouvrages! Elle espérait trouver dans ses faibles talents, surtout dans la couture et la broderie, des moyens d'améliorer leur situation.

Elle se mit donc à travailler avec zèle et activité; ses jolies broderies furent généralement admirées, mais malheureusement on ne les acheta point; les temps étaient trop difficiles et l'argent trop rare. Fridoline fut obligée de passer encore bien des nuits et de se borner à des ouvrages plus communs, afin de gagner la dépense de chaque jour. Aussi, quel bonheur pour cette aimable fille lorsque, du produit de son travail, elle put enfin procurer à son père un repas fortifiant ou lui préparer un de ses mets favoris! Elle-même se dispensait souvent, sous un prétexte quelconque, d'y participer, et, afin d'augmenter la part de son père, elle se contentait d'un peu de pain, et cette bouchée de pain lui semblait délicieuse par la satisfaction qu'elle éprouvait d'avoir procuré quelque morceau délicat au respectable auteur de ses jours. O vous, mes chers enfants qui lisez ceci, prenez pour exemple la bonne Fridoline, et croyez-en mon expérience, tout le bien que vous ferez à votre père ou à votre mère, vous sera compté dans le ciel, et ne manquera jamais de récompense, soit dans ce monde, soit dans l'éternité.

Du brillant séjour de sa première jeunesse, Fridoline n'avait emporté dans la demeure de l'indigence qu'un seul objet dont elle n'eut point le courage de se séparer. C'était une jeune colombe, qu'elle avait élevée et si bien apprivoisée que le gentil oiseau ne la quittait pas un seul instant. Le bon petit animal semblait étudier les dispositions d'esprit de sa jeune maîtresse, et s'y prêter : souvent, lorsque Fridoline, assise devant son métier à broder, paraissait absorbée dans ses tristes réflexions et qu'une larme involontaire s'échappait de ses yeux, la fidèle colombe refusait de manger les miettes de pain qu'elle lui donnait et inclinait tristement sa tête vers la terre. Mais lorsque, bientôt après, la jeune fille, à la suite d'une fervente prière, sentait ranimer son courage, et qu'elle tournait vers le ciel des regards plus sereins, la colombe revenait aussi de sa tristesse, battait des ailes, roucoulait d'un ton joyeux, voltigeait et folâtrait autour d'elle, et lui causait d'agréables distractions. C'est ainsi que le Créateur, dans sa bonté infinie, a donné aux animaux cet admirable instinct qui les porte à s'attacher à l'homme, et que bien des gens grossiers et sans âme ne récompensent que par de mauvais traitements et des cruautés. La gentille colombe était donc la favorite de la pauvre Fridoline. Elle ne pressentait pas qu'un jour le sacrifice de cette innocente petite créature dût contribuer à son bonheur.

Tandis que Fridoline, dans la plus modeste retraite, se vouait à un travail assidu pour soulager son père, la position de celui-ci s'aggravait: sa vue s'affaiblissait au point qu'on avait lieu de craindre qu'il ne la perdît entièrement. Le chagrin dont il était navré, joint à cette maladie, mina sa santé: ses forces diminuèrent à vue d'œil et d'une manière effrayante. La vertueuse fille redoubla d'efforts et de soins pour lui procurer les remèdes nécessaires; mais un nouveau coup du sort menaça d'accabler son courage. Elle avait livré une assez forte quantité de broderies à un marchand de nouveautés qui l'invita à repasser le lendemain pour en recevoir le paiement avec de nouvelles commandes, mais une affaire imprévue et de la plus haute importance força ce commerçant à partir subitement la nuit même. Par une fatale distraction, il oublia de donner l'orde de payer Fridoline; de sorte que le commis déclara ne pouvoir solder ce compte avant le retour de son maître, qu'on n'attendait que dans quelques mois.

Ce contre-temps rendit la position de Fridoline extrêmement pénible. Elle se voyait absolument sans le sou. Elle avait si bien compté sur cette petite fortune! Non-seulement cette rentrée venait de manquer, mais encore toute nouvelle commande se trouvait arrêtée par le départ imprévu du commerçant; le besoin et la misère assiégeaient son logis; tant que Fridoline eut une robe ou un autre objet d'une valeur quelconque à vendre ou à mettre en gage, son vieux père n'eut point de privations à souffrir; mais quand elle eut épuisé sa dernière ressource, quand elle n'eut plus rien à vendre, l'infortunée jeune fille vit chaque nouvelle aurore avec une nouvelle douleur, et ses inébranlables sentiments de piété pouvaient seuls encore la soutenir dans cette cruelle position. Oui, la religion est la seule ancre de salut quand les orages de l'adversité agitent notre existence; elle seule peut soutenir notre courage et nous retenir au bord de l'abime. Ne laissez donc jamais votre foi se relâcher, ô vous qui gémissez sous le poids de l'infortune; car vous vous priveriez vous-mêmes de la plus belle des consolations, et vous aggraveriez vos souffrances.

Déjà depuis deux jours la pauvre Fridoline n'avait pris aucun aliment chaud, déjà elle sentait ses forces défaillir; comment ferait-elle pour soutenir son existence et surtout celle de son père chéri? Ils n'avaient rien, absolument rien, pas une obole, et le pain même leur manquait: où prendre de quoi préparer quelque chose de fortifiant pour le malheureux vieillard? Les regards de la jeune fille se portèrent sur la tendre colombe. « Pauvre animal, dit-elle, tu pourrais au besoin nous faire un repas et nous empêcher, pour le moment, de mourir de faim! » Mais elle frissonnait à l'idée d'égorger cette aimable créature, la plus fidèle, la seule amie qui lui restât au monde. « Cependant je ne puis, s'écria-t-elle douloureusement, laisser plus longtemps mon père sans nourriture. Il lui vint une idée, c'était d'aller vendre la colombe et de se procurer ainsi le moyen d'acheter un peu de pain pour le bon vieillard.

Le cœur déchiré, pleurant à chaudes larmes du sacrifice qu'elle allait faire, elle prit le gentil animal, et, après l'avoir couvert des plus tendres baisers, le plaça dans un petit panier et se rendit sur la place du marché. Elle le présenta à un marchand de volailles qui lui en offrit si peu de chose, que cela ne pouvait servir à rien. Elle alla plus loin; mais personne ne voulut acheter la colombe. Ainsi, point d'argent, et pas le moindre morceau de pain à la maison! La pauvre Fridoline s'éloigna la douleur dans l'âme et retenant avec peine des larmes amères.

Son extrême affliction l'avait empêchée de remarquer qu'un homme déjà d'un certain âge, d'une physionomie agréable et sévère, vêtu d'une redingote grise et portant un fusil de chasse en bandoulière, la suivait depuis un moment et se trouvait à côté d'elle. Tout à coup cet homme l'accosta. « Pourquoi pleurez-vous ainsi, ma jeune demoiselle? » lui demanda-t-il d'une voix un peu rude, mais non dépourvue de bienveillance.

Fridoline s'effraya d'abord; ses yeux mouillés de larmes rencontrèrent les yeux de l'étranger; ils étaient vifs et ombragés par d'épais sourcils.

« Ah! Monsieur, répondit la jeune fille en baissant timidement ses regards, c'est parce que je ne puis vendre ma colombe au prix que je voudrais.

— Eh! petite folle, c'est cela qui vous chagrine? Vous avez sans doute demandé un prix trop élevé pour un oiseau aussi commun, à moins qu'il n'ait quelque qualité particulière qui en rehausse la valeur; car les animaux aussi bien que les hommes peuvent avoir des dispositions naturelles qui leur donnent le moyen de se distinguer parmi les êtres de leur espèce.

« A la vérité, nous avons trop peu d'intelligence pour les observer comme il faut, ou nous ne prenons pas la peine de les étudier; mais il est certain que Dieu n'a pas créé un seul être qui ne porte en lui des preuves de sa sagesse et de sa toute-puissance divines. »

A ces mots, le cœur de la jeune fille se rouvrit à l'espérance, et fixant sur cet homme un doux regard, elle lui fit un long éloge de son oiseau chéri.

« Eh! mais, répliqua l'homme, il paraît que vous aimez beaucoup cette colombe, et pourtant vous voulez la vendre! pourquoi donc? »

Fridoline poussa un profond soupir : « Hélas! mon pauvre père est malade, et nous n'avons pas un liard pour acheter du pain. Ah! Monsieur! il fallait un besoin aussi pressant pour me décider à sacrifier ma colombe! je n'ai plus d'autre joie ni d'autre distraction.

— Allons, ne pleurez pas, mon enfant, je vais l'acheter et je vous promets de ne pas la tuer, mais de la bien nourrir tant qu'elle vivra. Tenez, voilà ce que je puis vous en donner. »

A ces mots, il lui mit un écu dans la main, et disparut. Fridoline retint un cri de surprise en voyant cette pièce d'argent; mais lorsqu'elle voulut remercier son généreux bienfaiteur, ses yeux le cherchèrent en vain.

Transportée de joie, elle courut acheter les provisions nécessaires, sans oublier un verre de vin dont son vieux père avait été privé depuis si longtemps. Si elle n'avait pas été si émue et si préoccupée de ce bonheur inespéré, elle aurait pu s'apercevoir que l'étranger la suivait de loin et observait chacune de ses démarches; elle aurait même pu, de sa fenêtre, le voir entrer dans le magasin d'un épicier en face, où il alla sans doute prendre des renseignements sur elle et sur son père.

Fridoline se hâta d'apprêter le repas, et elle goûta la plus pure jouissance en voyant son malheureux père manger de grand appétit. Elle-même se sentit fortifiée. Dès qu'il eut dîné, le bon vieillard s'endormit sur sa chaise, et Fridoline alla s'asseoir près de sa petite table pour reprendre son travail: mais en jetant un regard sur la place, maintenant vide, que sa fidèle colombe avait autrefois occupée à côté d'elle, son cœur se brisa, et une larme brûlante s'échappa de ses paupières.

Le jour arrivait à son déclin, lorsque Fridoline entendit frapper à la porte de la chambre ; elle ne fut pas peu effrayée en voyant entrer l'homme à la redingote grise. « O ciel ! pensa-t-elle, ce brave homme se repent sans doute d'avoir payé une colombe aussi généreusement ; il vient me la rendre et me redemander son argent ! » La pensée qu'il lui serait impossible de restituer la somme qu'elle avait reçue couvrit ses joues d'une subite rougeur.

L'étranger, qui s'aperçut de sa surprise, lui dit avec un sourire amical : « Allons, allons, Mademoiselle, ne vous effrayez pas tant de me voir entrer chez vous. Je n'ai pas l'intention de vous faire du mal. Je désirerais parler à votre père.

— Il dort, » répondit Fridoline à voix basse ; mais l'entrée de l'étranger et sa voix un peu brusque avaient déjà réveillé Verner. L'étranger le salua, lui toucha amicalement la main, et s'assit à côté de lui.

« Monsieur Verner, lui dit-il, je viens m'adresser à vous en toute confiance pour une affaire qui pourra nous devenir également avantageuse. Je suis le forestier général du comte de Vellau, et quand vous me connaîtrez plus particulièrement, vous trouverez, je pense, que je suis un honnête homme. J'ai pris des informations exactes sur vous et sur votre position passée et présente ; j'ai appris tous vos malheurs, et les renseignements qu'on m'a donnés sur vous m'inspirent le plus vif intérêt en votre faveur, et me font désirer de vous être utile autant que ma position me le permet. Je vous parle franchement et sans détour. Le Ciel m'a favorisé d'une heureuse aisance ; j'ai mon petit ménage ; mais, depuis la mort de ma femme, les nombreux devoirs de ma charge ne me laissent guère le loisir de m'occuper de mes affaires domestiques. Ma maison aurait besoin d'une personne qui sût y faire régner l'ordre et la propreté, non en se livrant à de pénibles travaux, mais en exerçant une active surveillance sur les domestiques. Il faut que cette personne soit sage, intelligente et laborieuse : votre fille m'a été dépeinte comme possédant ces qualités. Eh bien ! pourriez-vous vous décider à venir tous deux habiter la campagne chez un vieux grognon comme moi ? Fridoline aurait soin du ménage et dirigerait les travaux intérieurs de la maison, et vous, monsieur Verner, vous passeriez avec votre fille des jours tranquilles et heureux ; car je suis, Dieu merci, assez à mon aise pour vous mettre à l'abri du besoin.

« Ce n'est pas tout. Je suis, comme vous voyez, déjà un peu âgé, et je n'ai point de proches parents : et si, comme je l'espère, je suis content de ma nouvelle famille, je lui laisserai un jour mes petites épargnes. Faites vos réflexions sur cette propositiou. Dans une huitaine de jours je reviendrai, et si vous êtes décidés à venir chez moi, je vous emmènerai tout de suite à ma campagne. Après-demain je vous enverrai un de mes garçons de ferme afin de savoir à quoi m'en tenir ; car il me faut bien deux à trois jours pour faire quelques préparatifs nécessaires à votre réception. A propos, chère demoiselle, j'allais oublier une chose : j'ai appris que vous avez à toucher chez M. N*** une somme de trente-six francs pour fournitures de broderies : les voici ; ce négociant est un de mes amis, et je me charge de les toucher moi-même. »

Ces paroles furent suivies d'un long silence. Le père et la fille auraient bien voulu répondre à l'instant même qu'ils acceptaient ; mais la surprise, la joie, la reconnaissance, leur ôtaient l'usage de la parole. L'homme à la redingote grise put apercevoir aisément ce qui se passait dans leur âme : il abrégea donc sa visite, et prit congé en leur touchant amicalement la main.

On ne saurait peindre les sentiments dont ces deux êtres estimables et infortunés furent pénétrés en voyant le secours si inattendu que leur envoyait la divine Providence; ils acquirent la preuve que la main protectrice de l'Éternel s'étend sur le malheureux à l'instant même où sa misère semble n'avoir ni bornes ni issue. Fridoline le sentit profondément, et dès que son père eut déclaré qu'il acceptait la proposition du forestier général, elle se rendit à l'église pour remercier le Seigneur tout-puissant de la miséricorde et de la bonté infinies qu'il daignait montrer en mettant un terme à leur pénible position.

Le troisième jour, se présenta un paysan qui offrit à Verner les salutations affectueuses du forestier général, et lui demanda si la proposition de ce dernier lui convenait, et s'il était bien décidé. Verner et Fridoline ayant répondu affirmativement, il battit des mains. « Que le bon Dieu bénisse votre résolution, chère demoiselle, s'écria-t-il; vous ne vous repentirez pas d'être venue vous établir chez lui; car M. Martin (c'était le nom du forestier général) est bien le plus brave homme qu'il y ait au monde, et vous passerez d'heureux jours dans sa maison. Tenez-vous prêts à partir. » En même temps il remit à Fridoline du beurre, de la farine, des œufs et quelques volailles, en ajoutant : « Samedi prochain je reviendrai vous chercher en voiture. »

Ces cinq jours s'écoulèrent avec rapidité ; le paysan revint le samedi avec une voiture commode, attelée de deux chevaux vigoureux ; il prit Verner et Fridoline et leurs effets, et les conduisit tous deux à leur nouvelle destination.

CHAPITRE II

La maison du garde.

Vers la fin de la journée de voyage, Fridoline et son père arrivèrent à la maison de M. Martin. Cette maison, peu somptueuse, mais d'un aspect agréable, était située au centre de la forêt, dans une contrée charmante, et entourée de jardins et de verdoyantes prairies. La voiture entra dans une cour spacieuse où plusieurs chiens l'entourèrent en aboyant : le bruit énergique d'un fouet les fit taire aussitôt. Les domestiques se rassemblèrent bientôt pour considérer les nouveaux venus. Martin était à une fenêtre, et, dès qu'il les aperçut, il descendit aussi dans la cour pour les recevoir. « Bonjour, bonjour, dit-il à Verner et à sa fille en leur présentant la main, soyez les bien-venus dans votre nouvelle habitation, et que la paix et la bénédiction du Seigneur y entrent avec vous. Vous êtes sans doute fatigués de la route! venez vous reposer et vous rafraîchir; demain, s'il plaît à Dieu, je vous montrerai ce domaine en détail. »

Effectivement, le mouvement de la voiture durant toute une journée avait beaucoup fatigué le vieillard et sa fille. Martin conduisit donc ses deux hôtes dans une chambre où la table était mise, et, après quelques moments de repos, on servit le souper. Le repas fut excellent, et Martin sut l'égayer encore en s'entretenant d'une manière fort aimable avec ses hôtes; et comme dans cette maison on avait coutume de se coucher de bonne heure, Martin les mena dans l'appartement qu'il leur avait destiné.

Cet appartement était joli et commodément distribué ; les meubles, sans être somptueux, étaient d'une grande propreté; et Fridoline les regardait avec satisfaction. Mais quelle fut sa surprise lorsqu'elle aperçut sur une commode une jolie cage! Elle s'en approcha et y vit... sa colombe chérie. La jeune fille poussa un cri de joie, et le gentil oiseau, reconnaissant aussitôt la voix de sa maîtresse bien-aimée, s'élança hors de la cage ouverte, voltigea sur les épaules de Fridoline, et, par ses roucoulements, ses battements d'ailes et ses caresses, exprimait aussi la joie qu'il ressentait. La bonne Fridoline était dans le ravissement. Ce fut une scène vraiment touchante. Après avoir adressé à Dieu une ardente prière en action de grâces et imploré la bénédiction céleste sur son généreux bienfaiteur, elle se livra au repos et goûta un sommeil délicieux qui lui fit oublier toutes ses peines passées.

Le lendemain, tout le monde était levé de bonne heure dans la maison forestière. Dès le point du jour, Fridoline, s'étant promptement habillée, alla trouver Martin, qui l'attendait elle et son père pour prendre le café. Après le déjeuner, il mena la nouvelle gouvernante inspecter la cuisine, la cave, la lingerie, la basse-cour, les jardins, lui donna la direction de toute la maison, et lui subordonna les domestiques.

Ce fut principalement le jardin, planté d'arbres fruitiers et orné d'un parterre de belles fleurs, qui lui fit éprouver un vif plaisir. Fridoline se croyait replacée dans l'heureuse position des premières années de sa jeunesse ; elle se promit de ne négliger ni peines ni soins pour contenter le bienfaiteur qui l'avait délivrée des horreurs de la misère.

Une vie nouvelle, une ère de bonheur commença dès lors pour Verner et Fridoline, et l'excellent M. Martin n'eut jamais à se repentir du choix qu'il avait fait ; il se reposait de tout avec confiance sur l'exactitude, l'intelligence et l'activité de sa jeune gouvernante. Ces trois êtres vertueux se félicitaient de leur bonheur ; mais, hélas ! tout est sujet aux vicissitudes : sur cette terre, qui est notre lieu d'épreuves, il n'y a point de félicité durable. Dieu, impénétrable en ses décrets, ne nous accorde la récompense éternelle de nos vertus que dans son royaume céleste.

Dorothée... Mais avant de continuer ce récit, il est nécessaire que je fasse connaître à mes lecteurs une autre jeune personne dont les aventures vont exercer une grande influence sur le sort de la bonne Fridoline.

CHAPITRE III

Dorothée.

A cette même époque vivait à Hambourg un négociant nommé William Sandis, au sein de toutes les richesses que lui avait procurées un commerce très-étendu. On estimait sa probité, sa maison passait pour l'une des plus solides. Sa fortune lui permettait d'avoir un train brillant et de donner les fêtes les plus splendides sans que ses affaires en souffrissent. Il eut une fille qui reçut le nom de Dorothée. La joie de William fut sans bornes. Mais bientôt après, son épouse fut atteinte d'une maladie grave qui la conduisit au tombeau. Dès lors sa douleur fut aussi excessive que l'avait été sa joie ; et comme, depuis sa jeunesse, il avait été peu accoutumé au malheur, il aurait peut-être succombé à son désespoir, si les affaires très-multipliées de son négoce n'avaient fait à ses chagrins une diversion salutaire. Alors il reporta sur son unique enfant toute sa tendresse, et ce fut justement cette affection exagérée qui devint la principale cause du malheur de Dorothée.

Assurément, rien de plus délicieux, de plus céleste que le lien d'amour filial et paternel dont la main du Créateur entoure nos âmes; mais comme l'abus du meilleur médicament peut en faire un poison dangereux, de même aussi la tendresse paternelle, si elle n'est contenue par la raison, peut devenir pernicieuse. Quand un jardinier, par excès de soins, arrose ses tendres fleurs trop abondamment, ce n'est plus pour elles un rafraîchissement; les jeunes plantes poussent alors trop de rejetons, et elles perdent leur vigueur, leur beauté ou leur parfum. Les enfants ressemblent aux jeunes plantes; leur éducation demande des soins continuels et bien entendus, si l'on ne veut pas corrompre en eux le germe des bonnes qualités. Le principal moyen de développer et de faire prospérer ces germes précieux, c'est d'inculquer de bonne heure à l'enfance les principes de notre sainte religion, qui épurent et vivifient l'esprit et le cœur. C'est donc pour les parents le plus saint des devoirs que d'élever leurs enfants d'après ces pieux principes.

Malheureusement il n'en était point ainsi chez M. William. Il eut la faiblesse de laisser à sa fille, dès l'âge le plus tendre, beaucoup trop de liberté, et au lieu de surveiller son éducation, il en abandonna tout le soin à une gouvernante qui, s'apercevant bientôt de l'excessive tendresse du père pour cette enfant, n'osait point reprendre Dorothée de ses défauts naissants; au contraire, elle mit tout son savoir-faire à flatter une si riche héritière, et à la gâter encore davantage. C'est ainsi qu'agissait l'imprudent William, qui, loin de réprimer les penchants de sa fille, et de la corriger de ses mauvaises habitudes, applaudissait à toutes ses méchancetés, qu'il prétendait être les indices d'une intelligence précoce et d'un caractère enjoué. Lorsque Dorothée fut un peu plus avancée en âge, on lui donna des maîtres d'agrément de toute espèce, et le père était enchanté quand il voyait sa fille chérie danser avec grâce, chanter avec expression et s'accompagner sur la harpe, ou quand elle venait lui réciter quelques passages de livres fort peu convenables pour la jeunesse. C'était alors un petit génie digne d'admiration. Quant à l'instruction religieuse, on n'y songeait seulement pas. Et lorsqu'elle vint à former des liaisons intimes avec d'autres jeunes filles mal élevées, lorsqu'elle se vit entourée d'un essaim de flatteurs qui encensèrent sa beauté et ses grâces, tout germe de vertu fut étouffé en elle; alors Dorothée devint l'âme de toutes les réunions bruyantes, elle assistait à tous les bals, elle fréquentait tous les spectacles; et comme son père ne lui refusait jamais rien de ce qu'elle demandait, comme en outre il lui faisait souvent de riches cadeaux, son penchant pour la coquetterie et pour un luxe effréné ne connut plus de bornes.

Ainsi abandonnée à elle-même et maîtresse de ses volontés dans un âge où elle aurait dû apprendre à plier sa volonté à une volonté plus sage, la jeune Dorothée, si aimable, si ravissante en société, devint le fléau de sa maison. Elle n'avait de règle que ses caprices, et son humeur était souvent insupportable; elle commandait aux domestiques avec hauteur et allait jusqu'à les maîtriser; mais personne n'osait murmurer, parce que les gens de la maison William étaient largement payés, et que le père aurait renvoyé sur-le-champ ceux qui auraient osé résister à sa fille; on se soumettait donc à ses exigences despotiques plutôt que de perdre une place avantageuse. En somme, l'éducation de cette fille avait été très-négligée, et ensuite tout concourait à fortifier ses mauvais penchants, à nourrir ses passions les plus dangereuses et à la conduire ainsi à grands pas vers une perte inévitable.

Dans les bureaux de William se trouvait alors un jeune commis, nommé Robert, qui avait beaucoup de talent, mais qui, au lieu de mettre à profit ce précieux don du Ciel, menait une conduite déréglée; il fréquentait les sociétés des jeunes gens libertins, perdait ses appointements au jeu, et ruinait sa santé. Plusieurs fois déjà, William, après lui avoir adressé vainement les plus sages remontrances, avait été sur le point de le renvoyer; mais comme Robert savait se rendre très-utile par son travail, il prenait encore patience et le gardait. Plût au Ciel que ce malheureux père de famille eût songé plus tôt à se débarrasser d'un mauvais sujet et à le remplacer par un autre commis, peut-être moins habile, mais plus probe! Il se serait épargné bien des malheurs et des regrets, comme nous le verrons bientôt.

Ce jeune homme chercha à gagner les bonnes grâces de la fille de son maître, et y réussit. L'imprudente Dorothée ne faisait aucune attention aux mœurs et à la conduite de Robert; il lui suffisait à elle de voir qu'il avait une bonne tournure, un physique agréable, que sa toilette était de la dernière élégance, et que son babil en société était spirituel et amusant. Elle se sentit bientôt une vive inclination pour lui, et Robert, qui s'en aperçut, voulut profiter de cet avantage. Il lui prodiguait les flatteries ; il lui prêtait des romans. Bientôt il se forma entre eux une liaison qui eut les suites les plus funestes, et qu'on eut grand soin de cacher au père; car jamais William n'aurait consenti à donner sa fille unique, héritière d'une maison opulente et respectable, à un jeune libertin perdu de dettes. Une fois que les enfants ont des secrets pour leurs parents, ils courent à leur perte, car ils se privent eux-mêmes de l'appui et des conseils de leurs meilleurs amis ; et puis, comme toujours une faute cachée en amène une autre qu'on veut cacher, de même on s'enhardit à mal faire, on ne s'arrête plus, on arrive au bord du précipice, et on finit par y tomber. Robert, croyant devoir procurer à Dorothée toutes sortes d'amusements à l'insu du père, la conduisait quelquefois au spectacle et lui faisait des cadeaux; comme ses appointements ne pouvaient suffire à ses dépenses, le misérable résolut de s'en dédommager sur la caisse de son maître; il commit donc des infidélités d'abord de minime importance; mais peu à peu il en vint à de plus graves, et enfin vola des sommes considérables.

Ces larcins ne purent demeurer longtemps inaperçus; M. William parvint à en découvrir l'auteur et se contenta de le chasser honteusement. Cependant Dorothée, au lieu de plaindre son père des pertes qu'il venait d'éprouver, n'accusait que lui, le trouvait injuste et avare, et lui reprochait en elle-même de n'avoir accordé à Robert qu'un salaire insuffisant et peu proportionné à ses services, et d'avoir ainsi forcé ce pauvre jeune homme à y suppléer par ses propres mains.

C'est à d'aussi indignes raisonnements contre les personnes les plus respectables que se livrent ceux qui une fois se sont écartés des principes de la religion et de la vertu pour se lancer dans le labyrinthe du vice. Que l'histoire de Dorothée soit pour nos lecteurs un exemple frappant, et leur montre comment avec cette funeste manière de voir les choses, on s'avilit de degré en degré jusqu'à ce qu'on devienne un criminel consommé. Alors on s'aperçoit, mais malheureusement trop tard, de l'importance de ses premières fautes; on tombe frappé par la juste rigueur des lois et accablé de mépris et de remords.

Comme nous l'avons dit, Dorothée était loin de blâmer le commis coupable : la passion avait même tellement fasciné son esprit et dépravé son cœur, qu'elle le plaignait d'avoir encouru la disgrâce de son père, et qu'elle entretint avec lui une correspondance secrète. Robert eut encore l'indignité d'abuser de cette faiblesse; et il en profita si bien, que, cédant à ses insinuations et à ses promesses mensongères, la jeune insensée prit la coupable résolution de quitter la maison paternelle pour prendre la fuite avec son séducteur. Comme cette histoire véritable est destinée à servir d'exemple, je ne dois en omettre aucune circonstance. Robert avait su prendre un empire absolu sur le cœur de Dorothée, il la gouvernait à son gré; l'infâme ne l'aimait pas, mais il avait juré de se venger de M. William en perdant sa fille.

Après donc avoir arrêté avec elle le plan de leur fuite, il persuada à la jeune fille de se munir non-seulement de tous ses bijoux et de l'écrin de sa mère, mais aussi de s'emparer de la caisse de son père. « D'ailleurs, dit-il, les bijoux et l'écrin sont ta propriété; et quant à l'argent, il nous est nécessaire pour nous rendre en Amérique, où j'ai un oncle qui jouit d'une fortune immense et qui m'attend depuis longtemps. Il nous recevra à bras ouverts, et nous mettra bientôt en état de restituer à ton père le double de la somme que nous ne pouvons nous dispenser de lui prendre aujourd'hui pour payer les frais de notre voyage; ce n'est en réalité qu'un emprunt que nous lui faisons. » On voit avec quelle finesse le vice s'y prend pour faire réussir ses desseins et enlacer ses victimes. La trop légère Dorothée crut facilement à tous les mensonges que le serpent séducteur lui débitait. Si du moins elle s'était confiée à une amie sincère qui l'eût avertie du danger! Vainement la voix de sa conscience, violemment étouffée, essayait encore de se faire entendre, Dorothée ne l'écouta point: elle n'eut foi qu'à son Robert; elle pilla audacieusement son père, puis quitta furtivement la maison, s'embarqua avec son séducteur, et fit voile pour l'Angleterre.

Ce coup fut terrible pour M. William. Cette ingratitude d'une fille qu'il n'avait que trop aimée, laissa dans son cœur une plaie profonde. Toutes ses informations restèrent infructueuses, il ne put rien découvrir : le chagrin minait sa santé de jour en jour. Pour comble d'infortune, un de ses navires qui revenait des Indes avec une très-riche cargaison, fit naufrage. Ce cruel événement dérangea ses affaires ; le courage, l'activité, au moyen desquels il aurait pu encore se relever, avaient fait place à un profond dégoût pour la vie; peu de temps après il mourut accablé de regrets, et déplorant son excessive faiblesse pour l'enfant qui causait tous ses malheurs.

Néanmoins ce malheureux père légua par testament toute sa fortune à sa fille. Mais, dans le trouble de son esprit, il ne connaissait pas lui-même l'état de ses affaires; après sa mort, les créanciers eurent peine à recouvrer ce qui leur était dû, et les frais de justice absorbèrent le peu qui restait.

C'est ainsi que se consomma, par la faute de cette fille coupable, la ruine d'une des plus opulentes et des plus respectables maisons de commerce de Hambourg.

CHAPITRE IV

La calomnie.

Comme nous l'avons vu, Robert s'était embarqué avec Dorothée et faisait voile pour l'Angleterre. Il avait bien calculé que dans l'immense capitale de ce pays ils pourraient facilement se cacher sous des noms supposés; et puis, la riche et populeuse cité lui offrait une variété de plaisirs qui convenait merveilleusement à son penchant pour le faste et la dissipation. Dorothée aussi s'y plaisait beaucoup, et elle était loin de presser son mari (car Robert l'avait épousée dès son arrivée à Londres) d'entreprendre le voyage projeté pour l'Amérique. Elle-même ne prenait que trop volontiers part à tous ses plaisirs, quelque dispendieux qu'ils fussent; et ainsi ils se jetèrent tous les deux dans un tourbillon de jouissances, sans s'arrêter à la diminution que leur caisse subissait de jour en jour. Enfin Dorothée sortit la première de cette longue ivresse ; elle fit des remontrances, et fut maltraitée. C'est alors qu'elle reconnut combien elle avait été imprudente d'avoir écouté les suggestions de Robert et d'avoir abandonné son père. Cependant son repentir n'était ni profond, ni durable ; car son cœur était encore fortement attaché à Robert, et le goût des plaisirs la dominait trop elle-même pour qu'elle songeât sérieusement à l'avenir.

Mais quel ne fut pas son effroi, lorsqu'une nuit elle vit rentrer Robert précipitamment, le visage altéré, les lèvres pâles et tremblantes! « Dorothée! s'écria-t-il, il faut partir à l'instant même, ou nous attendre à de grands malheurs. »

Le fait est que Robert était tombé entre les mains d'une bande de joueurs et d'escrocs ; à Londres, comme dans toutes les grandes villes, il y a de ces salons brillants, repaires ordinaires des misérables comme Robert, et d'où souvent la jeunesse imprudente ne sort que pour terminer ses jours par un crime ou par un suicide. Robert avait tout perdu au jeu ; il s'était pris de querelle avec les bandits qui le trichaient et le dépouillaient, et n'avait échappé qu'avec peine leurs menaces.

« Partons au plus vite, répéta-t-il ; heureusement tu as l'écrin de ta mère encore tout entier, et dont la valeur est considérable; tâchons de le sauver. »

Dorothée pleurait et se tordait les mains; Robert ramassa à la hâte habits, linge, argent, et tout ce qui leur appartenait, paya le maître de l'hôtel, et monta avec Dorothée dans une voiture qui les conduisit au port. Là ils trouvèrent un navire tout prêt à lever l'ancre et à faire voile pour les côtes d'Allemagne; on les reçut à bord, et après une courte traversée ils débarquèrent à Lubeck, port de mer peu éloigné de Hambourg. Dorothée frémit en se voyant si près de sa ville natale, où elle n'osait plus paraître. Cependant comment faire? Incapable de réfléchir sérieusement, elle se laissait aveuglément gouverner par Robert. Cet homme pervers, loin de changer de conduite, continua à Lubeck le même train de vie qu'il avait mené à Londres. Il ne tarda pas à découvrir des réunions de libertins et de joueurs avec lesquels il se lia étroitement. Souvent il passait les nuits entières avec eux. Lorsque Dorothée lui faisait des observations, il les accueillait fort mal: sa conduite devint de plus en plus grossière et brutale. Alors la malheureuse reconnut, mais trop tard, l'énormité de la faute qu'elle avait commise en s'attachant à cet homme ; se voyant indignement jouée, elle s'abandonna au chagrin et aux regrets les plus amers.

Un jour, Robert partit inopinément, sous prétexte d'un voyage pour des affaires qui leur promettaient, disait-il, un heureux avenir, et qui devaient le retenir pendant quelques semaines. Leur mésintelligence était venue au point que Dorothée se réjouissait de l'absence de son mari.

Se voyant seule et maîtresse de ses actions, elle ne songeait qu'à se bien divertir; mais l'argent lui manquait. Elle aurait bien voulu recourir à son riche écrin; mais elle n'osait y toucher, dans la crainte de s'exposer aux mauvais traitements de son époux. Cependant son penchant à la dissipation et le manque de ressources finirent par l'emporter. Après avoir vendu quelques autres objets, elle résolut de vendre aussi l'écrin; mais pour le faire sans avoir à craindre la vengeance de son mari, elle imagina un expédient dont elle était loin de prévoir les funestes suites.

A cette époque, elle allait souvent chez un marchand de nouveautés bien assorti. C'était précisément celui pour qui avait précédemment travaillé Fridoline. Cet homme avait depuis peu transporté son établissement de Hambourg à Lubeck. Appelé dans cette ville par le comte de Vellau, M. Martin, que devait y retenir plus d'un mois la rédaction d'un nouveau plan de l'administration forestière dont son maître s'occupait avec lui, s'y était fait accompagner par Fridoline, et celle-ci allait souvent chez le marchand de nouveautés échanger contre d'autres objets les broderies qu'elle faisait pendant ses loisirs. Charmée du bon goût et de la richesse de ces frivolités, Dorothée, qui songeait pourtant à se créer pour l'avenir quelque moyen d'existence, proposa à Fridoline, qu'elle rencontra dans les magasins, de lui donner des leçons d'un art où elle était si habile. La bonne Fridoline y consentit; elle en obtint la permission de M. Martin, et tous les jours elle passait quelques heures chez son écolière.

Dorothée n'avait pas encore fait de progrès; elle se proposait déjà de vendre l'écrin, lorsqu'elle reçut une lettre de son mari qui lui ordonnait et lui enjoignait avec menace de lui en envoyer le prix sur-le-champ. L'affaire qu'il était allé terminer avait manqué, disait-il; cette place, pourtant très-assurée, lui échappait; il avait contracté des dettes, il était dans une affreuse détresse; s'il ne recevait pas une réponse prompte et satisfaisante, il viendrait lui-même et saurait se faire obéir.

Cette lettre fut un coup de poignard pour le cœur de Dorothée; être obligée de sacrifier à ce monstre l'unique ressource qu'elle eût conservée, et cela pour le soutenir dans ses débauches, et puis être obligée de mendier son pain! Non, elle ne pouvait s'y résoudre. Mais comment lui refuser ce sacrifice? comment soustraire à sa rapacité le dernier trésor qui lui restait?... Il fallait que cela se fît promptement; car l'impatient Robert, suivant de près ses menaces, arriverait bientôt et ne reculerait devant aucun moyen de satisfaire sa vengeance et sa cupidité.

Dorothée prit donc une résolution désespérée pour empêcher Robert de dissiper encore le prix de son écrin; cette résolution, dont elle était incapable de calculer les suites, ne pouvait au reste être conçue que dans un cœur aussi corrompu que sien.

Le lendemain, Fridoline, comme à l'ordinaire, vint donner sa leçon. Elle voit Dorothée triste et pensive, la conversation s'engage. Dorothée laisse échapper quelques mots sur la position pénible où elle se trouve, sans toutefois prononcer le nom de son mari; puis elle montre à Fridoline l'écrin qui renfermait ses bijoux, et les lui fait tous examiner les uns après les autres. Fridoline s'extasie à la vue de ces riches objets; Dorothée les replace dans l'étui et le remet dans l'armoire d'où elle l'avait tiré, mais sans la refermer.

Au même instant, on sonne à la porte de la rue; Dorothée sort et reste assez longtemps, tandis que Fridoline, demeurée seule dans la chambre, travaillait assidûment et ne quittait pas son métier. Dorothée rentre enfin, fait ses excuses à Fridoline, s'entretient fort amicalement avec elle, puis l'embrasse et la conduit jusqu'au bas de l'escalier.

A peine Fridoline avait-elle fait quelques centoines de pas pour rentrer chez elle, qu'elle fut surprise par une pluie battante qui la força de se mettre à l'abri, pendant plus d'une heure, dans l'allée d'une maison. Un vent glacial qui soufflait avec violence ne lui permit pas d'y rester davantage; elle se hâta malgré la pluie qui tombait encore de regagner sa demeure; et elle fut bien aise de rentrer dans sa chambre pour y changer de vêtements, car ceux qu'elle portait étaient trempés. Comme toute la journée elle s'était sentie mal à son aise, elle se dépêcha d'apprêter le souper et de se coucher. La chaleur du lit lui fit beaucoup de bien, et bientôt un doux sommeil vint fermer ses paupières. Hélas! elle ne pressentait pas combien son réveil serait terrible!

Deux heures après le départ de Fridoline, Dorothée avait reçu la visite d'une de ses voisines; la conversation s'étendit sur plusieurs sujets, et enfin l'on parla de bijoux. Dorothée voulut faire voir les siens à cette dame, qui prétendait s'y connaître parfaitement; elle ouvrit donc l'armoire pour prendre l'écrin; mais elle ne l'y trouva plus. Elle le chercha longtemps avec une anxiété visible; elle tourna et retourna tout, la dame l'aida même dans ses perquisitions, mais vainement; l'écrin avait disparu... Dorothée était au désespoir et poussait des cris effrayants; elle s'arrachait les cheveux, et faisait un tel vacarme, que tous les voisins accoururent pour savoir de quoi il s'agissait. Le vol était manifeste; mais à qui l'attribuer? Personne n'était entré ni resté seul dans cette chambre que Fridoline. Dorothée elle-même protestait hautement qu'il était impossible que cette jeune personne se fût rendue coupable d'une telle action; elle connaissait trop, disait-elle, cette âme pure et candide. Mais déjà la chose avait fait du bruit; quelques locataires officieux allèrent chercher le commissaire, qui dressa procès-verbal, et y inséra une description exacte et détaillée des objets volés.

Quand le forestier Martin, rentrant chez lui, s'aperçut que sa chère Fridoline était couchée, de peur de la réveiller il marcha sur la pointe des pieds, se servit lui-même son petit repas, et se mit à travailler aux registres de l'administration. Tout, autour de lui, était silencieux et tranquille, quand soudain il entendit du tumulte dans la rue : on frappe à la porte de la maison, qui s'ouvre aussitôt, et il voit entrer le magistrat accompagné de trois de ses agents et de plusieurs gendarmes. Martin leur demanda le motif de cette visite, en les priant de ne point faire de bruit pour ne pas troubler le sommeil de sa chère Fridoline. Mais déjà celle-ci s'était éveillée, et jetait autour d'elle des regards de surprise et d'effroi. Le magistrat annonça d'un ton sec et bref le motif de sa présence ; le père Martin secoua la tête en souriant, et répondit que la bonne et vertueuse Fridoline était incapable d'une pareille action ; mais le magistrat, ne pouvant se contenter de ce témoignage, ordonna aussitôt une exacte perquisition ; on chercha donc dans l'appartement, et on y mit tout sens dessus dessous. Fridoline, qui dans l'intervalle avait pris un peu de calme, autant que cela se pouvait dans une position aussi critique, s'était empressée de se rendre auprès de M. Martin, qui, malgré sa ferme confiance en elle, se trouvait néanmoins dans une violente agitation; elle se jeta à son cou en pleurant, elle s'efforçait de le rassurer en protestant de son innocence. Toute la chambre avait déjà été fouillée avec la plus minutieuse attention sans qu'on y eût pu rien trouver de suspect, lorsqu'à la fin le magistrat jeta encore les yeux sur la robe mouillée et le tablier de Fridoline, que celle-ci avait suspendus à son retour pour les faire sécher; il les examina de nouveau, et mit la main dans la poche du tablier. « Oh! s'écria-t-il tout à coup, nous le tenons! » Et il en tira une bague en diamants, très exactement dépeinte au procès-verbal dressé chez Dorothée. La pauvre Fridoline poussa un cri d'effroi et tomba sur une chaise; le père Martin aussi était près de perdre connaissance; on l'étendit sur un lit de repos où, sans pouvoir proférer une parole, il promenait autour de lui des regards consternés et stupéfaits. Le commissaire, après avoir accordé à Fridoline un instant de répit, se mit à l'interroger sur les circonstances du vol, qui, selon lui, était manifeste, et lui demanda où étaient cachés les autres objets.

Elle voulut se défendre ; mais la terreur l'avait tellement déconcertée, qu'elle ne put prononcer une seule parole ; ses genoux tremblaient, et son visage était couvert d'une pâleur mortelle. Le commissaire ne vit en tout cela que les indices de sa culpabilité. « C'est bien, c'est bien, dit-il, son silence obstiné ne lui servira de rien ; la bague volée est là, nous n'avons plus besoin d'autre preuve ; pendant les débats du procès nous trouverons bien le moyen de la faire parler. Allons, suivez-nous en prison. » A ces mots, l'infortunée jeta les hauts cris, se tordit les mains, se précipita aux pieds de Martin, dont elle embrassait les genoux et invoquait la protection : le vieillard se penchait en silence sur elle ; mais ses forces étaient épuisées. Il retomba sur le canapé, et resta dans un douloureux silence. Fridoline fut saisie et emmenée. Comme réellement elle n'avait pas la force de marcher, on la jeta dans une voiture ; elle fut écrouée à la prison. La pauvre fille passa une nuit affreuse dans les convulsions les plus terribles. Le lendemain, elle se trouva tellement malade, qu'au lieu de procéder à son interrogatoire, on fut obligé de la confier aux soins d'un médecin.

Le jour suivant, le père Martin s'étant fortifié

par une fervente prière, son premier soin fut d'aller rendre une visite à Dorothée : cette démarche la surprit, elle le reçut avec un embarras visible. Martin lui parla de l'innocence de Fridoline avec tant de chaleur, que Dorothée en fut émue; elle versa un torrent de larmes. Martin était un excellent observateur; il entrevit à travers cette vive compassion une certaine anxiété, et il jugea que l'inquiétude et le remords entraient pour beaucoup dans cette abondance de larmes. Ce brave homme était trop peu politique dans ses manières pour savoir cacher ses soupçons. Dorothée alors reprit sa contenance, devint froide, offensante même; Martin se retira d'un air qui la fit trembler. Il se présenta aussitôt à la prison et demanda à voir Fridoline, mais on ne lui accorda point cette faveur; les juges mêmes étaient trop occupés pour lui donner audience; de la prison, Martin se rendit chez le comte de Vellau, où il trouva l'ordre de faire une tournée de plusieurs jours dans un autre district pour des intérêts d'administration. Cette absence forcée dans les circonstances actuelles le contrariait beaucoup; jamais devoir de sa charge ne lui parut si pénible. Mais il se soumit, non sans avoir exposé au comte toute l'affaire, sans l'avoir prié à mains jointes de protéger Fridoline, et d'aller voir le président du tribunal pour disposer ce magistrat en faveur de cette malheureuse enfant. Le comte était d'un caractère excellent, il promit tout; mais ce seigneur était jeune, léger, ami du plaisir, il oublia bientôt la pauvre Fridoline.

CHAPITRE V

L'écrin retrouvé.

Depuis trois jours notre infortunée Fridoline souffrait d'une fièvre terrible; grâce aux soins du médecin et de la vieille geôlière, nommée Sabine, on parvint à surmonter la violence de la maladie. Sabine était une bonne vieille, d'un cœur excellent; déjà la douceur angélique de Fridoline l'avait prévenue en sa faveur. Sa piété, sa résignation dans ce malheur affreux étaient des preuves non équivoques de son innocence, mais seulement pour les cœurs disposés à la bienveillance, pour le Tout-Puissant qui connaît toutes nos actions et nos pensées, et non pas pour le juge, qui ne doit prononcer que d'après les règles judiciaires. En vain le médecin et Sabine parlèrent en faveur de la captive, il était impossible de s'écarter de la lettre de la loi. Fridoline subit de fréquents interrogatoires; elle protesta de son innocence, mais elle ne put la prouver. La bague trouvée dans la poche de son tablier déposait contre elle. Fridoline raconta toutes les circonstances avec sincérité; on lui demanda si elle-même soupçonnait à Dorothée quelque intention malveillante; elle avoua n'avoir connu celle-ci que sous les rapports les plus favorables. On voulut savoir quand Fridoline avait quitté la demeure de Dorothée, et quand elle était rentrée chez elle; il y avait plus d'une heure d'intervalle: où avait-elle été pendant cette heure? Pour se mettre à l'abri de la pluie, elle s'était réfugiée dans une allée; mais elle ne se rappelait plus même dans quelle maison; ne serait-ce là qu'un subterfuge? Les traits de sa figure exprimaient la candeur et l'innocence; nul coupable répondant à ses juges n'aurait eu ce ton calme et modeste. Les cœurs de tous les assistants absolvaient la pauvre jeune fille; mais la lettre impassible de la loi ne pouvait s'accorder avec eux.

Cependant le public n'avait pas une très-bonne opinion de la vie et de la conduite antérieure de Dorothée et de son époux ; on résolut donc de prendre des renseignements plus positifs sur la moralité de ces deux personnages. Mais depuis l'arrestation de Fridoline plusieurs semaines s'étaient déjà écoulées, et lorsque le juge manda Dorothée, on apprit que le lendemain du jour où le forestier Martin lui avait rendu visite, elle avait pris en secret un passeport et était partie pour la Hollande. D'un autre côté, plusieurs témoins affirmèrent unanimement avoir vu la boîte aux bijoux, et y avoir remarqué la bague trouvée dans la poche de Fridoline ; le vol était donc prouvé, et tous les indices étaient contre Fridoline. Le tribunal, à moitié convaincu, jugea nécessaire de recourir à des mesures plus énergiques pour obtenir un aveu de la prévenue. On l'interrogea encore plusieurs fois ; comme naturellement elle persistait toujours à protester de son innocence, on la menaça de la torture, alors encore en usage, et on eut la cruelle précaution de lui en faire voir d'avance les redoutables instruments. Cette vue était déjà une épreuve que Fridoline ne put supporter. Toute son organisation en fut tellement ébranlée, qu'elle retomba encore une fois dangereusement malade. Pendant ce temps, le tribunal de Lubeck écrivit à celui d'Amsterdam, ville où Dorothée s'était rendue, afin d'obtenir une enquête judiciaire, et qui pût servir à constater la culpabilité ou l'innocence de Fridoline. Il faut dire aussi, à l'honneur des juges de celle-ci, que rien ne fut épargné pour adoucir autant qu'on le pouvait la triste position de cette infortunée.

Pendant toutes ces démarches, plusieurs semaines s'écoulèrent encore, et la pauvre captive restait toujours confiée aux soins de la bonne geôlière Sabine. Dans cet affreux malheur, sa plus ferme, son unique consolation lui venait de ses principes religieux; ses ferventes prières lui donnaient assez de courage pour ne point succomber à ses souffrances, et son inébranlable confiance en la miséricorde infinie de Dieu l'empêchait de succomber à ses tristes pressentiments. Dès qu'elle sentait son âme ainsi fortifiée, elle consacrait volontiers quelques moments à jouir de la société de la bonne Sabine. Cette bonne vieille s'imaginait être une digne descendante d'Hippocrate : elle possédait une foule de recettes et de remèdes domestiques pour toutes les maladies possibles; et elle se plaisait à les distribuer gratuitement à toutes ses connaissances ; son plus grand bonheur était de croire qu'elle avait guéri une maladie, qui peut-être par l'influence de la bienfaisante nature se serait guérie d'elle-même. Dans les temps actuels ces essais dans l'art de guérir sont prohibés par les lois ; mais à cette époque, des remèdes secrets et sympathiques, des croyances superstitieuses en la vertu de certains amulettes, etc., étaient fort en vogue. Il n'y avait qu'une seule chose qu'on ne pût contester à la bonne Sabine, c'était le talent de savoir composer (il est vrai, d'après la recette d'un véritable médecin décédé depuis longtemps) un excellent onguent pour fortifier la vue. Elle se fit un plaisir d'en offrir la recette à Fridoline, en reconnaissance de l'assistance que celle-ci lui prêtait dans toutes ses cures merveilleuses, et Fridoline accepta d'autant plus volontiers cette précieuse recette, qu'elle ne laissait jamais passer aucune occasion d'acquérir de nouvelles connaissances.

Mais, hélas ! les faibles distractions même que lui procurait sa liaison avec la bonne Sabine devaient avoir un terme. Il arriva un rapport de la cour d'Amsterdam, duquel il résultait que Dorothée, ayant été appelée à comparaître devant ce tribunal, avait fait une déclaration absolument conforme aux procès-verbaux de

Lubeck. Dorothée avait soutenu opiniâtrément ne pouvoir attribuer le vol à nulle autre personne qu'à Fridoline. Il ne restait donc au tribunal de Lubeck d'autre moyen, selon l'usage barbare de ce temps-là, que d'arracher un aveu en appliquant l'accusée à la torture. On la fit comparaître encore une fois, et on lui accorda trois jours de réflexion avant de la soumettre aux plus atroces tourments. Les lecteurs me dispenseront de leur dépeindre l'horrible situation de la pauvre Fridoline, aucun d'eux ne refusera sa compassion à cette infortunée.

Or il arriva à cette même époque que le comte de Vellau ordonna les préparatifs d'une fête brillante pour célébrer l'anniversaire de la naissance de sa tante. Il cherchait depuis longtemps quel cadeau serait le plus agréable à cette parente chérie, qui depuis son enfance lui avait tenu lieu de mère; connaissant ses goûts pour la parure, il se décida enfin à lui offrir un magnifique écrin. Dans ce dessein, il se rendit chez M. Abraham, un des joailliers les plus renommés de la ville voisine, et généralement estimé pour sa probité et sa loyauté. Il lui fit part de son désir. « Monsieur le comte, lui dit Abraham, si vous désirez acheter quelque chose de beau, de rare, je vous engage à prendre l'écrin que voici, et qui renferme une parure complète en diamants de la première qualité : il n'y manque qu'une seule bague, mais je m'engage à vous en faire disposer une parfaitement assortie. » Le comte examina l'écrin; les bijoux lui plurent infiniment; le prix en était raisonnable, on fut bientôt d'accord; le comte paya la somme, y compris la bague à fournir, et retourna chez lui parfaitement satisfait de son emplette. Le lendemain matin, il reçut une visite du forestier, revenant de sa tournée. Ce n'est qu'en le voyant que le comte se rappela la promesse qu'il avait faite de protéger Fridoline, et son cœur lui reprocha amèrement cet oubli. Mais soudain, comme frappé d'un trait de lumière, il demanda au forestier s'il saurait bien se rappeler le signalement des bijoux volés dont le procès-verbal lui avait été lu, et sur sa réponse affirmative le comte lui montra l'écrin; c'était évidemment celui dont le vol occupait la justice.

Le comte, vivement agité, donna un coup de sonnette, ordonna à ses gens d'atteler la voiture au plus vite, y monta avec Martin et se fit conduire en toute hâte chez le joaillier. La précipitation avec laquelle celui-ci vit entrer le comte chez lui le surprit d'abord. « Monsieur Abraham, lui dit le comte, vous êtes généralement connu pour un parfait honnête homme, vous me direz donc avec sincérité comment vous êtes devenu possesseur de cet écrin.

— Certainement, répondit M. Abraham avec calme, je l'ai acheté d'une jeune dame.

— D'une jeune dame! reprit le comte en réprimant avec peine un soupir douloureux et jetant un regard sur Martin, qui, tout tremblant, se tenait à côté de lui.

— Reconnaîtriez-vous bien cette personne, reprit le comte, si on vous la présentait?

— Oui, bien certainement; je me suis rendu à son domicile, et me suis assuré par des documents que ces bijoux lui appartenaient et qu'elle avait pouvoir de les vendre; j'ai même exigé un acte de vente, que voici. » A ces mots il tira de son bureau un écrit. Cet écrit était signé : *Dorothée Sandis*.

Martin éleva ses mains jointes vers le ciel, de grosses larmes roulèrent le long de ses joues, et le comte instruisit le joaillier des particularités de cette affaire. Abraham s'offrit aussitôt d'aller avec eux au tribunal. « On ne doit pas perdre une minute, dit-il, quand il s'agit de justifier un innocent. » A ces mots il s'habilla promptement, monta avec le comte et Martin dans la voiture, et tous trois se rendirent au palais de justice.

Au moment où ils montaient l'escalier, ils rencontrèrent Fridoline, escortée par des archers qui la conduisaient à la chambre de torture... « Arrêtez! au nom du ciel, arrêtez! elle est innocente! » s'écria Martin. L'infortunée reconnut sa voix. Martin se précipita vers elle pour l'embrasser, elle tomba évanouie sur son sein. L'obligeante Sabine accourut aussitôt. « Nous apportons les preuves de son innocence, dit le comte de Vellau, je prends tout sous ma responsabilité, ramenez-la dans sa chambre. » Martin lui-même porta l'infortunée sur son lit, et l'on n'épargna aucun soin pour la rappeler à la vie. Martin ne bougeait pas de son chevet; il aida la bonne Sabine à administrer ses remèdes domestiques.

Pendant ce temps, le comte de Vellau et Abraham s'étaient rendus au cabinet du juge, l'acte de vente et l'écrin furent déposés; la bague qui manquait, et qui avait été aussi déposée au greffe, fut comparée avec le reste de la parure, et s'y trouva parfaitement conforme. L'innocence de Fridoline était prouvée aux yeux du comte: toutefois il y avait encore une circonstance qui n'était pas suffisamment éclaircie aux yeux de la justice : comment la bague se trouvait-elle en la possession de la prévenue? Ne pouvait-elle pas au moins avoir dérobé cet objet? Durant tous ses interrogatoires elle avait déclaré ne pouvoir donner aucune explication; cette déclaration ne pouvait être acceptée comme une justification suffisante. Dorothée seule, qui maintenant se trouvait directement impliquée dans le procès, était en état d'éclaircir ce fait. De là, nouvelle requête au magistrat d'Amsterdam. En sorte que cette affaire pouvait encore traîner en longueur, et il faudrait que la pauvre Fridoline restât toujours en état d'arrestation préventive... Le noble comte ne pouvait supporter cette pensée; impatient de la ramener dans la paisible habitation du forestier, il sollicita sa mise en liberté provisoire et se porta caution pour elle.

« Vous agissez noblement, monsieur le comte, dit Abraham; mais permettez-moi d'imiter votre exemple. L'écrin doit rester déposé au tribunal jusqu'à la fin du procès, quoique mon droit de légitime acquéreur ne puisse être contesté; je ne veux pas que M. le comte soit privé de la satisfaction d'offrir son cadeau le jour de la fête de sa tante, et je vous fournirai un autre écrin non moins beau en attendant qu'on vous rende le vôtre; alors je reprendrai le mien. Mais la bague qui a causé tant de malheur à cette pauvre demoiselle lui appartient de bon droit, et lui restera comme un éloquent souvenir de la miraculeuse assistance de Dieu. »

Cette offre généreuse fut agréée avec toute l'admiration dont elle était digne ; le comte de Vellau signa l'acte de cautionnement, et la mise en liberté provisoire de Fridoline fut accordée.

Cependant, grâce aux soins empressés de Martin et de Sabine, la pauvre fille recouvra l'usage de ses sens. Son premier regard se fixa sur le bon vieux forestier et ensuite se tourna vers le ciel ; une larme brûlante s'échappa de ses yeux : « O Dieu de miséricorde, soupira-t-elle en joignant les mains, vous seul savez que je suis innocente du crime dont on m'accuse... Oh ! laissez moi mourir en ce moment sur le sein de mon bienfaiteur, et que je n'aie pas à subir les atroces douleurs de la torture.

— Rassure-toi, mon enfant, lui répondit le forestier, le Seigneur tout-puissant, et dont la miséricorde est infinie, a déjà disposé les choses de manière à ce que tu sois exempte du supplice de la torture ; il aura également soin de dévoiler complétement ton innocence. Ainsi que rien n'ébranle ta confiance en cet unique et puissant soutien qui ne manque jamais au malheur, et cherche toujours à te fortifier par ta pieuse prière. »

Puis il lui raconta tout ce qui venait de se passer au sujet de l'écrin. « J'ai toujours eu l'idée, s'écria la bonne Sabine, qu'il était impossible que cette douce et pieuse demoiselle se fût rendue coupable d'un crime aussi vil? Allons, ma chère enfant, tu es bien jeune encore, et déjà tu as fait la triste expérience des peines et des misères de la vie; maintenant tu songeras aussi à être secourable à l'infortune, et pour t'en faciliter les moyens, je te communiquerai tous mes remèdes domestiques. Je suis vieille, et ce serait vraiment dommage que de si beaux secrets fussent ensevelis avec moi dans la tombe, tandis que tu pourrais devenir, comme moi, une active bienfaitrice de l'humanité souffrante. »

Pendant ce colloque, le comte de Vellau et Abraham entrèrent, accompagnés d'un magistrat qui annonça à Fridoline sa mise en liberté provisoire. « Eh quoi! provisoire! murmura le vieux Martin, pourquoi donc pas définitive? Je me porte garant de corps et d'âme qu'elle est parfaitement innocente, et l'infâme créature qui a eu la barbarie de vouloir jeter un être aussi pur dans l'opprobre et le malheur, en sera un jour sévèrement punie dans ce monde et dans l'autre. » Le comte, qui jamais n'avait vu Fridoline, et chez qui cette jeune personne faisait naître un vif intérêt, l'examina d'un œil attentif. La bonté et la douceur qui se peignaient dans ses yeux candides le touchèrent vivement. Quoique les anxiétés du procès et les souffrances de la prison eussent considérablement altéré ses traits, on voyait clairement qu'elle était belle. « Ses charmes à demi flétris reviendront sans doute, dès que le calme de son âme sera rétabli et qu'une nourriture convenable remplacera le triste régime de la prison; ces deux causes agiront favorablement sur le corps et l'esprit. » Telles étaient les réflexions que faisait le comte en contemplant cette figure angélique. La bienveillance la plus sincère remplissait son cœur; il se réjouissait d'avance de voir la pauvre captive contente et délivrée. On prit donc toutes les mesures pour la faire sortir de sa triste prison. Les fonctions du forestier Martin le retenaient encore pour une quinzaine de jours dans la ville : jusqu'à cette époque, Fridoline devait donc aussi demeurer avec lui avant de retourner dans cette habitation champêtre qu'elle affectionnait tant. On fit venir un carrosse; Fridoline fit le plus touchant adieu à la bonne Sabine, et peu d'instants après elle rentra dans sa demeure. Mais à peine eut-elle pris deux heures d'un repos que rendait nécessaire l'épuisement de ses forces, qu'elle se rendit au temple du Seigneur. Elle pria M. Martin de l'accompagner à la plus proche église, où, remplie d'une fervente dévotion, elle s'agenouilla au pied de l'autel pour rendre grâces à l'Éternel de l'avoir sauvée si miraculeusement. Cette pieuse reconnaissance envers la Divinité est le plus saint de nos devoirs et le plus auguste de nos sentiments. Celui dont le cœur est embrasé de l'amour de Dieu, et qui constamment rapporte tout au suprême auteur de tous les êtres, sent aussi constamment dans son âme une paix céleste, une ferme confiance et une douce consolation, auxquelles aucun trésor de la terre ne peut être comparé.

Enfin arriva le jour tant désiré où la bonne Fridoline allait retourner à la maison forestière, où, près de son père chéri, elle pourrait de nouveau se livrer aux douces occupations du ménage. Plus elle approchait de cet asile fortuné, plus son cœur battait de joie, car un tendre père allait la serrer dans ses bras. Verner ignorait absolument ce qui s'était passé depuis le départ de sa fille. Martin et Fridoline convinrent entre eux de ne jamais lui en parler; à quoi eût-il servi, en effet, d'affliger par cette triste nouvelle le cœur de ce bon vieillard?

Ils arrivèrent palpitants de joie à la maison forestière. Mais là un triste spectacle attendait la pauvre enfant; Verner était en bonne santé; mais la faiblesse de ses yeux avait tellement augmenté, qu'à peine put-il reconnaître sa fille. Le son de sa douce voix pénétra son cœur, il la serra dans ses bras. Elle aussi, ne sachant comment lui exprimer son bonheur, lui promit, en le baignant de larmes, de ne plus le quitter un instant.

Avec quelles délices elle se mit à parcourir toute la maison, à visiter tous ces lieux devenus chers à son cœur, à revoir et à soigner son petit jardin et surtout à caresser sa jolie tourterelle, dont son père avait eu bien soin, et qui ne pouvait assez témoigner sa joie de revoir sa maîtresse bien-aimée! Fridoline se retrouva dans son élément. Elle remit tout en ordre et reprit ses occupations ordinaires. Mais une pensée principale occupait son âme et l'absorbait de plus en plus; elle en parla à Martin, et lui demanda conseil. Elle ne pouvait considérer son pauvre père sans éprouver la plus vive compassion. L'infirmité du bon vieillard lui navrait le cœur, elle ne savait si elle devait ou non lui appliquer le remède dont elle avait la recette, et que Sabine avait déclaré infaillible. Elle n'osait de son chef risquer un pareil essai. Martin, après l'avoir écoutée attentivement, parut fort incertain lui-même. « Quand il s'agit de guérison, dit-il, il ne faut jamais se livrer à des essais : il faut être sûr de son fait; autrement on peut causer des maux irréparables et se préparer d'amers regrets. Je ne puis que louer ta sollicitude filiale; mais prends garde qu'elle ne t'entraîne à une entreprise dont les suites seraient peut-être fort dangereuses. Patiente encore quelques jours, jusqu'à ce que le comte arrive à son château; sans doute il sera accompagné, comme d'habitude, par son médecin. Celui-ci est un homme savant et éclairé; nous lui communiquerons la recette de Sabine, et il saura juger si elle est applicable. » Cet avis tranquillisa Fridoline; pourtant il lui tardait de voir arriver le médecin.

Effectivement, le comte de Vellau écrivit à son intendant qu'il allait venir passer la belle saison à son château, et lui enjoignit de préparer les appartements pour le recevoir. On mit en mouvement toute la domesticité du château; et comme l'intendant ne pouvait plus guère, à cause de son grand âge, s'acquitter convenablement de ces soins qui demandent beaucoup d'activité, il pria Fridoline de s'en charger à sa place : ce qu'elle fit avec beaucoup d'empressement. Elle mit dans ces arrangements autant de bon goût que de zèle. Les draperies et les tentures furent renouvelées à la moderne, l'ameublement mieux disposé, les fenêtres et les balcons ornés des plus belles fleurs, et même la bibliothèque du comte, qui était tout éparpillée, fut remise en ordre ; bref, Fridoline avait su arranger le cabinet du comte avec tant de richesse et d'élégance, qu'il ressemblait à un sanctuaire des muses. Le père Martin, dans sa visite générale, applaudissait à tout et se félicitait d'avoir eu l'heureuse idée de confier ces dispositions à Fridoline.

Le comte arriva au jour qu'il avait fixé. On avait rassemblé tous les habitants du château et du village pour le recevoir avec plus de solennité : Fridoline aussi s'était mêlée dans le groupe nombreux ; sa modestie sans prétention la distinguait parmi toutes les autres jeunes personnes. Le comte la vit avec plaisir ; son cœur ressentait la plus douce satisfaction d'avoir pu contribuer à sauver cette charmante fille. Il remercia tout le monde de l'aimable réception qu'on lui faisait, et il rentra dans son château, heureux de se voir entouré de tant de gens qui lui témoignaient l'attachement le plus sincère. En parcourant ses appartements, il fut enchanté de l'élégance et du bon ordre qu'il y voyait régner; et quand il sut que c'était Fridoline qui avait si bien ordonné toutes choses, il lui en témoigna sa satisfaction et la combla d'éloges.

Je passe sous silence les brillantes fêtes qui furent données au château. Fridoline, prétextant un motif plausible, se dispensa d'y paraître. Ne voulant point, après le malheur qu'elle venait d'éprouver, s'exposer aux regards curieux des hôtes étrangers, elle se retira dans la maison forestière. Le comte devina ce motif de délicatesse, et l'approuva.

CHAPITRE VI

La guérison.

Aussitôt qu'il fut possible, Martin alla consulter le médecin. Ce digne ami de l'humanité ne différa pas à se rendre à la maison forestière. Après avoir soigneusement examiné l'état des yeux du vieillard, il lut avec la plus grande attention la recette que Fridoline lui présentait. « Chère demoiselle, lui dit-il, je ne puis qu'approuver cette formule, qui a été trouvée parmi les papiers d'un célèbre médecin mort depuis longtemps; l'application de ce remède ne saurait nuire à votre père; je dois pourtant vous dire aussi avec franchise que j'ai peu d'espoir de guérir cette infirmité déjà trop ancienne et trop grave. Quoi qu'il en soit, comme dans ce monde on ne peut rien déterminer d'avance avec certitude, je vous conseille d'entreprendre le traitement sous ma direction, si vous avez confiance en moi. Vous pouvez être persuadée que je me ferai un vif plaisir de vous seconder le mieux qu'il me sera possible. »

Fridoline témoigna sa vive reconnaissance à ce digne médecin pour son offre généreuse; elle commença donc le traitement, et le docteur l'y aidait de tous ses soins. Le comte l'apprit, et trouva dans cette tentative un nouveau motif d'estime et de bienveillance pour cette excellente fille. Quelquefois même il venait avec le docteur, afin de mieux observer la conduite de cette jeune personne dans l'intérieur de son ménage. Plusieurs semaines se passèrent sans amener aucun changement notable dans la position de Verner, et le médecin persistait à croire le mal incurable. Cependant Fridoline ne se découragea point; elle resta ferme dans sa confiance en la grâce toute-puissante de Dieu; et quand elle adressait au Seigneur ses ferventes prières, une voix intérieure semblait lui dire : Espère et console-toi. Elle continua donc ses soins infatigables. Quel ne fut pas le délicieux sentiment de bonheur qu'elle éprouva, lorsqu'un jour, comme elle levait l'appareil, son père annonça qu'il voyait les objets autour de lui beaucoup plus distinctement que de coutume! Il demanda un livre et y lut plusieurs lignes avec facilité, tandis qu'auparavant il n'aurait pu distinguer aucune lettre. Fridoline était folle de joie, et le docteur partageait son ravissement. A compter de ce moment, elle redoubla de soins. Le mal avait déjà perdu sa plus grande force; l'amélioration devint de jour en jour plus sensible. Enfin M. Verner fut si complétement rétabli, qu'il recouvra le parfait usage de la vue.

Cette guérison inespérée avait produit une grande sensation dans toute la contrée. Le comte de Vellau fit célébrer une messe solennelle en action de grâces, et ordonna une fête brillante dont Fridoline devait être la reine, et à laquelle tous les notables du pays furent invités. Cette fille vertueuse, vrai modèle de la piété filiale, fut menée comme en triomphe jusqu'à l'église; tous les regards étaient fixés sur elle; mais rien ne la troublait dans sa dévotion. Elle n'avait point l'habitude de prendre une posture pieuse, et de laisser errer ses yeux partout autour d'elle; son cœur et ses sentiments étaient exclusivement tournés vers Dieu : aussi n'était-ce jamais sans un saint recueillement qu'elle se présentait dans le temple du Seigneur. Une seule pensée vint la troubler un instant; elle se rappela qu'elle devait présider à la fête, et que sans doute tout le monde la regardait avec curiosité; car on savait qu'elle avait été en prison. Sa position lui semblait pénible et humiliante, parce qu'elle n'avait pas été définitivement acquittée, et qu'elle ne jouissait que d'une liberté provisoire, sous la caution du comte. A cette cruelle idée, un profond et douloureux soupir s'échappait de sa poitrine. Cependant au même instant elle porta ses regards sur son vénérable père, et elle se dit : « O mon Dieu! sans mon malheur, il ne serait pas si heureux aujourd'hui; c'est cette cruelle accusation qui m'a fait faire la connaissance de Sabine et apprendre le remède qui lui a rendu la vue... O Dieu miséricordieux, ajouta-t-elle, comme vous savez admirablement diriger notre sort ! Oui, je supporterais volontiers encore une fois, s'il le fallait, mes souffrances passées, au prix du bonheur que je goûte à présent. Oui, oui, l'Éternel saura bien faire éclater mon innocence ! » Cette idée ranima son courage; elle se rendit à la fête, où tout le monde lui montra l'estime et les égards que méritait sa vertu; pas une parole indiscrète, pas un regard équivoque ne vint troubler son repos, et cependant elle ne se sentit bien à son aise que quand la fête fut terminée, et qu'elle put regagner sa tranquille demeure.

CHAPITRE VII

L'assassinat.

L'homme vivant au sein du calme et d'une heureuse aisance oserait-il se flatter qu'il en sera toujours ainsi? Le riche oserait-il se fier sur la stabilité de sa fortune, le héros sur celle de sa gloire, et les grands de la terre sur la durée de leur influence et de leur splendeur? Notre vie n'est-elle pas un rêve dont les vagues illusions changent sans cesse, et nous font tomber des brillantes régions d'une prospérité fragile dans les sombres abîmes du malheur? Il ne faut donc jamais regarder le présent comme un garant de l'avenir, que nous cache un voile épais; et quand nous nous promettons le jour le plus pur, un ouragan vient tout à coup amonceler sur notre tête des nuages menaçants, du sein desquels peut éclater le plus terrible orage. C'est ce qui arriva à Fridoline. Placée dans la position la plus heureuse, tout lui souriait, son âme était calme et sereine, comme au-dessus d'elle le ciel était d'azur; cependant des nuées sombres s'approchaient et devaient bientôt troubler cette douce tranquillité.

Depuis quelque temps on se plaignait des nombreux délits de braconnage qui se commettaient dans les forêts seigneuriales. Le comte donna à ses agents forestiers les ordres les plus stricts pour l'énergique répression de ces méfaits. Martin, qui avait acquis la certitude qu'on abattait beaucoup de gibier dans le ressort de son administration, en était fort peiné, parce qu'il craignait les reproches du comte. Un jour il emmena avec lui tous ses chasseurs, et fit une battue dans les bois. En parcourant une grande partie de la forêt, ils trouvèrent bien quelques pièces de gibier qu'on venait de tuer; mais ils ne rencontrèrent pas les braconniers. Seulement, un autre jour, Martin découvrit un individu qui, à son approche, s'enfuyait dans un épais fourré. Martin lui cria de s'arrêter, le menaçant de tirer sur lui. Il ne fut pas écouté; alors il répéta jusqu'à trois fois sa sommation; voyant que l'étranger n'y faisait pas attention, il fit feu et le blessa, mais sans pouvoir arrêter le fuyard.

Martin, de retour chez lui, raconta cette aventure; on lui conseilla d'être à l'avenir sur ses gardes et de ne pas s'exposer seul dans la forêt, car il était probable que la bande de malfaiteurs qui s'y tenaient cachés ne tarderait pas à lui tendre des piéges pour venger leur camarade blessé ou mort. Martin se moqua de ces avertissements. « N'ayez pas peur, répondit-il, mon coup d'œil est encore assez perçant pour distinguer de loin jusqu'aux moindres objets; mon fusil est sûr, et je puis me fier à la vigilance de nos chiens; ainsi rassurez-vous sur mon compte, et n'exigez pas de moi, vieux grognard blanchi sous les armes, que je néglige mes devoirs pour une crainte chimérique. » C'est ainsi que Martin chercha à rassurer ses amis en persistant dans la résolution de purger la contrée de cette bande de scélérats.

Quelques jours après, il prit encore son fusil à deux coups, emmena avec lui un apprenti chasseur, et, suivi de Diane, sa chienne fidèle, il retourna à la forêt : il avait promis de ne pas trop s'éloigner et de revenir de bonne heure. Plusieurs heures s'étaient écoulées après celle qu'il avait fixée pour son retour, et il n'avait point reparu. Fridoline en conçut de l'inquiétude, et son anxiété croissait de moments en moments. Elle en parla à Sébastien, le plus ancien des chasseurs. Celui-ci secouait la tête : « Eh! ventrebleu! s'écria-t-il, quel esprit de malheur a soufflé à notre maître l'idée de se faire accompagner de ce drôle! Si au moment de son départ je n'avais pas été envoyé en commission au château, je me serais opposé à ce que notre maître prît un pareil compagnon. Voilà un mois à peu près que ce maroufle est avec nous, et il m'a toujours paru suspect; il a dans les yeux quelque chose de sinistre, de patibulaire, qui ne m'a jamais convenu. La semaine dernière encore, M. Martin venait de lui donner une petite leçon à coups de cravache; depuis lors, ce coquin rôde partout comme un pécheur endurci, grommelant vengeance; oui, il faut que le démon ait inspiré à notre maître l'idée de se faire accompagner précisément par celui-là!... Hé! Jean! Joseph! mes camarades, vite vos carabines en bandoulière, détachez la meute, et suivez-moi à la forêt; je ne m'attends à rien de bon. » En un clin d'œil les domestiques furent armés, les chiens coururent devant en aboyant, et l'on se dirigea en toute hâte vers la forêt.

Cependant les propos du fidèle Sébastien avaient plongé Fridoline dans une mortelle inquiétude. Elle regagna sa chambre, et y attendit dans des transes impossibles à décrire les nouvelles de ce qui s'était passé. Deux longues heures s'étaient écoulées, lorsqu'elle entendit du bruit au dehors et des voix confuses dans la cour. Elle s'était levée et allait descendre, quand Sébastien entra d'un air effaré.

« Ne vous effrayez pas, chère demoiselle, lui dit-il, mais le malheur n'est que trop réel; on ne peut le taire ni différer d'un seul instant les secours nécessaires. Apprêtez bien vite le lit pour y coucher notre bon maître. J'ai envoyé Jean au château chercher le médecin, et Joseph ira ventre à terre au bourg pour en ramener le chirurgien. La colère de Dieu et ma balle sauront bien atteindre l'infâme scélérat. »

Fridoline n'entendit rien de ces paroles, elle descendit précipitamment dans la cour, et jeta des cris de désespoir en apercevant le malheureux Martin étendu sans aucun signe de vie sur un brancard formé à la hâte. Tous les domestiques étaient en larmes; on porta le corps inanimé sur un lit, et peu d'instants après on vit arriver le docteur : il examina la blessure et la trouva mortelle. N'osant empiéter sur les attributions du chirurgien, il se contenta d'y mettre le premier appareil et de rappeler le malheureux à la vie. Bientôt arrivèrent le comte de Vellau et le chirurgien. Celui-ci sonda la blessure et la déclara mortelle, vu l'impossibilité d'en extraire la balle. Cependant il donna l'espoir que l'infortuné pourrait exister encore quelques heures, et tout ce que la science put faire fut d'adoucir les souffrances et de fortifier les esprits vitaux pour le temps bien court qu'il lui restait à vivre.

Grâce à ces soins multipliés, le pauvre Martin

reprit encore assez de force pour remercier tous les assistants du vif intérêt qu'ils lui témoignaient. Il pria d'appeler le curé de la paroisse et le notaire du comte, pour recevoir ses dernières dispositions. Ces deux personnes ne se firent pas attendre. D'abord Martin, en vrai chrétien, eut recours aux consolations de la religion; il se confessa et demanda à Dieu le pardon de ses péchés et son admission miséricordieuse dans le royaume du ciel. Se sentant ainsi rassuré et puissamment fortifié, il dicta son testament par lequel il institua Fridoline et son père héritiers de sa petite fortune, et les recommanda à la bienveillance du comte, qui de son côté promit solennellement de la leur conserver toujours.

Martin expira avec ce calme et cette sérénité qui adoucissent la mort du juste et du véritable chrétien. Le méchant seul peut craindre le trépas, parce que, au moment de franchir la barrière qui le sépare de l'éternité, ses forfaits viennent se présenter à son esprit, et une conviction intime lui crie qu'il va paraître devant un juge infiniment juste.

La douleur de Fridoline fut vive et profonde; elle était inconsolable: elle devait tout à ce bon vieillard, et ne pouvait sans inquiétude songer à l'avenir. Le comte avait, à la vérité, promis au défunt de ne point l'abandonner, cependant elle ne pouvait rester dans la maison forestière : le nouveau garde général avait femme et enfants, et le comte assigna à Fridoline et à son père un appartement dans son château. Verner et sa fille n'acceptèrent ce bienfait que sous condition que le premier travaillerait à la comptabilité domaniale, tandis que Fridoline se chargerait de la direction du ménage. Elle s'acquitta de cet emploi avec la même intelligence et le même soin que dans la maison forestière.

Cette nouvelle position laissait encore à Fridoline assez de loisir pour s'adonner quelquefois aux arts d'agrément qu'elle aimait, tels que le dessin et la broderie. Le comte lui avait aussi procuré un excellent piano; comme Fridoline, dans les premières années de sa jeunesse, avait appris le chant et la musique, et qu'elle y excellait, elle sut bientôt se remettre au courant, et pendant des heures entières son père et le comte de Vellau l'écoutaient avec ravissement.

Fridoline eut une autre distraction : sa petite colombe chérie ne la quittait point ; et le comte lui fit en outre présent d'une jeune pie, qu'elle sut si bien élever et apprivoiser, que non-seulement elle vivait très-familièrement avec la colombe, mais encore que ces deux oiseaux prirent le comte en affection au point de venir tous les deux, lorsqu'il allait se promener au jardin, voltiger et folâtrer autour de lui. Ainsi, à part ses regrets de la perte de l'excellent Martin, Fridoline coulait ses jours dans le calme et le contentement, en prodiguant ses soins et ses consolations à son vieux père.

CHAPITRE VIII

Suites d'une première faute.

Pendant ce temps, le comte de Vellau ne négligeait rien pour tirer vengeance de l'assassinat de son garde général : il s'était entendu avec tous les grands propriétaires circonvoisins, et une battue générale devait avoir lieu dans toute la province. Mais, avant de continuer notre récit, il est nécessaire de revenir un peu sur nos pas pour éclaircir divers points de cette histoire.

Nos lecteurs se rappellent encore avec indignation de quelle odieuse façon Dorothée avait agi envers la pauvre Fridoline. Lorsque Robert lui eut annoncé son prochain retour, et enjoint de vendre le malheureux écrin, cette nouvelle lui fit prendre la résolution de soustraire ce dernier débris de sa fortune à la rapacité de son époux. Mais comment l'effectuer sans s'exposer aux plus barbares traitements de la part de ce brutal Robert? Elle n'imagina rien de mieux que de dire à celui-ci que les bijoux lui avaient été volés, afin de ne pas lui en remettre le prix. Il fallait une victime à cette atroce calomnie, et personne ne lui parut plus propre pour cela que la bonne et candide Fridoline. Tout en l'embrassant lors de sa dernière visite, elle eut l'adresse de glisser la bague dans la poche de son tablier. Dès que Fridoline se fut éloignée et avant de faire le moindre éclat, elle courut vendre l'écrin à M. Abraham. Après l'arrestation de Fridoline, elle crut pouvoir jouir en repos du fruit de son infernal stratagème ; mais, lorsque le lendemain elle vit arriver chez elle M. Martin, dont les paroles fermes et énergiques l'ébranlèrent, et lorsqu'il lui fit entendre qu'il la soupçonnait elle-même d'une horrible perfidie, elle fut saisie d'épouvante. Elle sentit qu'elle ne pourrait soutenir un interrogatoire devant la justice; et mettant à profit le temps que dura la maladie de Fridoline, elle prit un passe-port, et se réfugia en Hollande; auparavant elle avait écrit à Robert que le vol de ses bijoux l'avait réduite à la misère, qu'elle se voyait hors d'état de lui envoyer des secours, et que le besoin la forçait de chercher en pays étranger quelque moyen d'existence. Mais lorsqu'à Amsterdam elle fut citée devant le magistrat pour donner des explications sur le vol de l'écrin, elle ne s'y crut plus en sûreté, et s'enfuit à Magdebourg. Là elle était inconnue et absolument maîtresse d'elle-même. Elle eut beau se dire que la somme qu'elle avait retirée de la vente des bijoux ne pouvait durer éternellement : où trouver une autre ressource, elle qui dans sa jeunesse n'avait rien appris et avait constamment dédaigné toute espèce de travail? Chez une créature aussi légère que Dorothée, de pareilles réflexions ne pouvaient être durables. Elle s'abandonna de nouveau à son goût pour la dissipation: sa cassette, diminuant de jour en jour, finit par se vider totalement. Alors elle fit des dettes; ce qui fut d'abord facile, parce qu'elle savait très-bien cacher sa misère sous l'apparence du luxe; mais cela ne pouvait durer longtemps. Au moment où on allait l'arrêter, elle prit la fuite, déguisée en paysanne, et parcourut la contrée pour chercher fortune. Toutes ses ressources se trouvant épuisées, elle fut obligée de mendier son pain et de passer les nuits sous les hangars. Elle endura toutes les horreurs de la faim et de la misère, frappant à bien des portes sans pouvoir obtenir ni un asile ni un morceau de pain, car on ne voyait en elle qu'une vagabonde qu'on repoussait avec défiance.

Enfin, son corps ne pouvait plus souffrir ces misères inaccoutumées, elle tomba malade, et fut prise de si violentes douleurs, qu'il lui devint impossible d'aller plus loin. Elle se coucha sous un arbre au bord de la route. Que cette position devait lui paraître horrible! Combien elle devait se sentir humiliée, quand les voyageurs, insensibles à ses instances et à sa détresse, passaient devant elle sans lui offrir le moindre secours! Sa faiblesse augmentait à chaque instant; elle souffrait les tourments de la faim et de la soif, et elle n'avait plus la force de se lever et de se traîner plus loin. Dans ce moment, une pensée salutaire, une pensée de repentir et de contrition aurait dû s'élever dans son âme, et en pécheresse repentante elle aurait dû invoquer la miséricorde du Tout-Puissant; mais le cœur de Dorothée était trop endurci, et son malheur n'était pas encore assez rigoureux pour la porter à reconnaître la gravité de ses fautes.

Plongée dans un morne affaissement, elle en fut tirée par le bruit d'une voiture; et ses gémissements touchèrent un cultivateur qui revenait de la ville, où il était allé vendre du blé. Ayant aperçu cette infortunée gisante sur le bord de la route, il sentit son cœur ému de compassion. Cet homme charitable vit au premier coup d'œil combien cette malheureuse avait besoin d'un prompt secours; il la fit monter dans sa voiture et la conduisit chez lui, où sa femme lui prodigua tous les soins imaginables. Le repos et une nourriture saine la rétablirent en peu de temps; elle aurait volontiers prolongé son séjour sous ce toit hospitalier, et se serait laissé nourrir gratuitement, si le paysan l'eût bien voulu. Celui-ci lui demanda enfin d'où elle venait, et elle sut le tromper par un récit mensonger. Il lui fit entendre qu'il faudrait travailler pour gagner son entretien. Dorothée avait bien de la peine à s'y résoudre, pourtant la nécessité la contraignit d'y consentir. On lui confia donc quelques travaux de la maison; mais, outre qu'elle manquait absolument d'habitude et de bonne volonté, elle s'y prenait avec tant de maladresse et montrait si peu de zèle, qu'elle devint bientôt la risée des autres domestiques, dont elle n'avait pas su d'ailleurs se faire aimer. Aussi ne tarda-t-elle pas à mécontenter tout le monde, au point que le paysan lui-même lui donna à entendre qu'il ne se souciait plus de ses services, et qu'il désirait qu'elle quittât sa maison. Cette insinuation de la part d'un homme ordinairement si charitable blessa l'amour-propre de Dorothée : elle n'en chercha point le motif en elle-même, elle se disait entourée de gens envieux et méchants; elle oublia les bienfaits qu'on lui avait accordés dans cette maison hospitalière, elle se trouva cruellement outragée par les manières brusques du maître, et jura de se venger. Cependant elle eut assez de dissimulation pour ne rien dire et ne rien faire qui indiquât ses criminelles intentions. Elle pria instamment qu'on voulût bien la garder encore huit jours, pour avoir le temps, disait-elle, de se procurer une autre place. On consentit à sa demande.

Cette créature aussi rusée que méchante savait que dans le cours de la huitaine arriverait la fête d'un bourg voisin, que la matinée serait consacrée aux cérémonies religieuses, et que tout le reste du jour et même une grande partie de la nuit se passeraient à la danse et aux autres amusements, et que par conséquent ceux qui iraient à cette fête ne devraient revenir que le lendemain. Elle avait choisi ce jour pour l'exécution de son projet, et prétexté d'avance une forte indisposition pour se dispenser d'être de la partie. Les autres domestiques de la métairie se félicitèrent d'avoir en elle une remplaçante pour garder la maison ; car il est bon de remarquer que jusque-là Dorothée n'avait pas donné lieu de suspecter sa probité.

La veille de la fête, on convint que la garde de la maison lui serait confiée à elle et à un vieux valet à qui une entorse au pied ne permettait point de prendre part aux amusements ; et le lendemain, dès l'aurore, tout le monde partit plein d'impatience de se livrer aux plaisirs qu'on se promettait. La présence du vieux valet de ferme contrariait beaucoup Dorothée, et elle se creusait la tête pour trouver le moyen de l'écarter par quelque ruse, afin d'arriver sans obstacle à l'armoire où le fermier renfermait son or et son argent.

Tout en réfléchissant, elle alla se promener à l'ombre des arbres qui entouraient la ferme ; là elle aperçut un piéton qui venait droit à elle à travers les champs, et lui demanda à se rafraîchir. Quelle ne fut pas la surprise de Dorothée quand elle reconnut dans cet individu son mari, le misérable Robert! Lui aussi, malgré le déguisement de sa femme et l'altération de ses traits, la reconnut aussitôt. « Au nom du Ciel! Robert, lui cria-t-elle, ne me trahis point; je ne suis pas seule ici dans la maison, et je pourrais être arrêtée.

— Arrêtée? répliqua Robert; comment! ta conscience n'est donc pas bien nette? Voyons, raconte-moi tes fredaines. Moi aussi j'ai couru mainte aventure depuis notre séparation, et je gage qu'en ce moment nous pourrons nous être utiles l'un à l'autre. » Dorothée lui exposa avec une feinte douleur qu'ayant été volée par une jeune personne qui avait voulu lui apprendre à broder, elle s'était vue dans la triste nécessité de se faire servante dans cette ferme. Robert la questionna longtemps, et quand il sut ce que Dorothée avait projeté et que le fermier était absent, il lui dit: « Je l'ai bien pensé, que mon secours te serait utile. Allons, reçois-moi comme un de tes cousins, ne nous laisse pas manquer de vin; le reste me regarde. Je pense que nous allons faire un bon coup. »

Ce plan fut exécuté; le crédule valet n'eut pas le moindre soupçon; au contraire, il fut bien aise d'avoir quelqu'un qui lui tînt compagnie pendant que tous ses camarades s'amusaient si bien à la fête ; et tandis que Dorothée apprêtait un repas, le cousin se montra très-aimable, et sut si bien amuser le vieux Conrad par une conversation vive et gaie, que celui-ci en fut enchanté.

On se mit à table, et l'on mangea de bon appétit. Le peu de vin que le fermier avait laissé pour la consommation du jour fut bientôt insuffisant. Alors l'aimable cousin jeta sur la table une belle pièce de monnaie, en disant au domestique d'aller chercher quatre bouteilles du meilleur vin qu'il trouverait à l'auberge du village. C'est alors que la gaieté fut à son comble, le vin coula à grands flots, le verre de Conrad ne resta jamais vide, et le charmant cousin sut raconter une foule de choses si plaisantes, que le bon Conrad pouffait de rire ; il but tant de rasades à la santé du facétieux cousin, qu'à la fin il tomba ivre-mort sous la table.

« Il est encore de trop bonne heure, dit Dorothée, ne faisons pas l'imprudence de quitter la ferme avant la nuit close, et pourtant d'ici là le nigaud pourrait bien se réveiller.

— Sois sans inquiétude sur ce point, répondit Robert ; n'as-tu donc pas remarqué que, pendant qu'il était allé chercher du vin, j'ai mis dans son verre une bonne dose d'opium ? Va, il ne se réveillera pas avant le grand jour. Allons, nous pouvons travailler à notre aise. »

Dorothée conduisit son infâme compagnon dans toute la maison ; ils forcèrent l'armoire du fermier, et une somme de quelques centaines d'écus péniblement amassée et mise en réserve pour les jours de besoin, devint la proie de ces scélérats. Ils se partagèrent aussitôt le butin. Robert fut d'avis de n'emporter aucun autre objet de valeur, de crainte de se trahir en les vendant.

Sur ces entrefaites, la nuit était venue. Robert fit sortir un cheval de l'écurie, l'attela à une petite charrette, y fit monter Dorothée, puis descendit, prétendant avoir encore oublié quelque chose; et, sans qu'elle pût le prévoir ou qu'il osât le lui dire, il alla mettre le feu à une grange. Alors il s'élança sur la voiture, et ils partirent ventre à terre par un chemin de traverse qui aboutissait à une route. Arrivés là, ils descendirent; Robert fouetta le cheval abandonné à lui-même, qui courut à travers les champs, et finit par renverser la charrette dans un fossé. Les deux scélérats prirent alors une autre direction, et rencontrèrent bientôt une voiture vide, dont le conducteur, moyennant salaire, les conduisit jusqu'à la ville prochaine. Ne s'y croyant pas en sûreté, ils changèrent de costume et louèrent une autre voiture jusqu'à la frontière.

Mais comment passer cette frontière ? Voilà la question, elle était grave ; car depuis quelque temps la contrebande s'était faite avec un tel excès d'audace, que l'administration des douanes avait multiplié les postes, et qu'elle ne laissait passer aucun voyageur sans qu'il fût bien en règle. Dans cet embarras, nos deux aventuriers, après avoir congédié le voiturier, s'acheminèrent vers une petite auberge isolée au milieu de la forêt. En entrant dans la salle, ils trouvèrent la grande table occupée par une douzaine d'individus aux formes robustes et à la mine équivoque. A cet aspect, Dorothée ne put s'empêcher de tressaillir, mais Robert parut ne rien craindre ; car, pensait-il, si ce sont des gens sans aveu, ils me reconnaîtront bien pour un des leurs, comme on reconnaît l'oiseau à son plumage. Il se plaça donc à une petite table à part, et fut assez prudent pour ne pas laisser entrevoir qu'il eût de l'argent sur lui. Il appela l'aubergiste et lui demanda, en lui montrant une boucle d'argent, s'il pouvait recevoir cet objet en paiement et lui donner un lit et quelque nourriture ;

faute de quoi, n'ayant plus que cela, il allait chercher un gîte ailleurs avec son compagnon (car Dorothée s'était déguisée sous des habits d'homme). L'aubergiste accepta volontiers en paiement la boucle, qui était d'une assez forte valeur, et leur servit abondamment de quoi manger et boire, ce qu'ils firent de bon appétit. Robert s'aperçut bientôt qu'il avait été remarqué par la société; on l'examinait parfois à la dérobée, et on se parlait tout bas à l'oreille.

Quelques instants après, l'aubergiste rentra dans la salle. « Messieurs, dit-il, c'est le moment de partir pour l'expédition.

— Eh bien! oui, partez, dit l'un d'eux, dans une heure vous pourrez être de retour. Moi je reste ici, et je vous attendrai avec impatience. »

A ces mots, tous ces gens se levèrent à la hâte et sortirent, à l'exception du seul Clausse, l'un d'eux, qui bourra sa pipe, se fit apporter une nouvelle cruche de bière, et s'assit près de la table où se trouvaient Robert et Dorothée.

« Avec votre permission, leur dit-il en s'asseyant, il me semble que le temps se passe plus agréablement quand on est en compagnie. Monsieur ne me paraît pas un favori de la fortune; autrement il n'aurait pas abandonné sa boucle à l'aubergiste.

— Certainement non; hier j'ai perdu jusqu'à mon dernier écu, et je ne sais plus que devenir avec mon frère.

— Avec son frère, il est bon! Me prenez-vous donc pour un imbécile qui ne sache pas distinguer au premier coup d'œil une personne du sexe? Vous me paraissez de fameux lurons... Allons, allons, n'ayez pas peur, ce n'est pas moi qui vous ferai du mal; voilà ma main, et tôpe! mais aussi, confiance pour confiance; peut-être suis-je en état de vous être utile. Vous avez envie de passer la frontière.

— Oui.

— Et probablement sans passe-port ni papiers en règle? Ce sera bien difficile.

— Ah! mon cher Monsieur, s'écria vivement Dorothée, conseillez-nous : comment faut-il faire? Aidez-nous à sortir de ce mauvais pas.

— Oui-da! c'est bien facile à dire; aidez-nous! au risque d'être pendu à la première potence. Pourtant le cœur me saigne de voir cette pauvre jeunesse... Hum! hum! j'y réfléchirai. Prenez patience jusqu'au retour de mes camarades. Ils ne tarderont pas à rentrer, ou il y aurait du malheur. »

Robert et Dorothée ne comprirent pas trop bien le sens de ces paroles; mais une crainte vague s'empara d'eux. Tout à coup la porte s'ouvrit, et le plus jeune de la bande, garçon d'environ dix-huit ans, se précipita dans la salle, tout effaré et hors d'haleine.

« Qu'est-ce qu'il y a? lui cria brusquement Clausse.

— Nous sommes trahis et perdus! » répondit le jeune homme. Clausse jeta son verre contre le mur avec une telle violence, qu'il se brisa en mille morceaux : « Où sont les autres?

— Les uns arrêtés, les autres dispersés, qui sait où?

— Alors il nous est impossible de demeurer plus longtemps ici. Vous autres, qui voulez passer la frontière, vous pouvez venir avec moi, mais vite... Adieu, monsieur l'aubergiste, nous nous reverrons peut-être dans des temps plus prospères. » Robert et Dorothée endossèrent des blouses de paysans, et suivirent précipitamment leurs guides au plus épais de la forêt.

Sans proférer une seule parole, ils continuèrent leur chemin à travers les endroits les plus sauvages. Le vieux Clausse paraissait bien connaître tous les coins et recoins. La marche n'était pas sans danger; car souvent il fallait sauter par-dessus des précipices, souvent aussi traverser d'assez profonds torrents : à peine était-il croyable que des pas d'homme eussent jamais franchi ces barrières. Enfin leurs forces s'épuisèrent. Clausse tira de sa gibecière du pain, un peu de viande et un flacon d'eau-de-vie, qu'il distribua à ses compagnons, mais sans leur permettre de s'arrêter. « Nous avons encore deux lieues d'ici à la frontière, leur dit-il; jusque-là ne nous arrêtons pas. » On prit donc ce léger rafraîchissement, tout en continuant de marcher.

Cependant le chemin devenait de plus en plus difficile, et il leur fallait gravir des rochers dont les aspérités leur brisaient les pieds. Dorothée, ne pouvant plus supporter une telle fatigue, se laissa tomber d'épuisement. « Au diable les femmes! murmura Clausse, elles ne sont bonnes qu'au coin de leur feu; elles ne peuvent partager les travaux de l'homme. Au reste, je ne puis m'arrêter ici à cause de vous; car il y va de ma peau. Cependant je vous promets de vous envoyer du secours dès que je serai arrivé à bon port. Vous pouvez donc rester ici à m'attendre pendant deux à trois heures. Si d'ici à ce soir vous ne voyez arriver personne, ce sera un signe que mon but est manqué, et alors vous ferez bien d'aller chercher fortune ailleurs. Jusqu'à présent j'ai assez fait pour des étrangers comme vous... Viens, Étienne, nous n'avons pas une minute à perdre. » A ces mots, il partit avec le jeune homme, et abandonna Robert et sa compagne à leur triste sort.

Dorothée pleurait amèrement; ses pieds ensanglantés lui faisaient un mal horrible Robert tempêtait, jurait comme un païen, et accusait la fatalité de son sort; mais lui aussi se trouvait exténué de fatigue. Ils se jetèrent tous deux sur l'herbe, et se racontèrent les événements de leur vie. Mes lecteurs me permettront de passer leurs discours sous silence, car il ne peut être nullement agréable de s'occuper de créatures aussi profondément démoralisées; nous nous en serions dispensés depuis longtemps si le récit de ces événements n'était pas aussi indispensable à l'ensemble de cette histoire, et si d'ailleurs notre but n'était pas de présenter, à côté de la noble image de la vertu, la hideuse peinture du vice, afin de rendre nos leçons plus salutaires.

L'entretien de nos deux aventuriers était triste et monotone : l'excès de la fatigue les plongea bientôt dans un profond sommeil. Lorsqu'ils se réveillèrent, le soleil n'était pas encore couché; mais déjà le jour avait disparu dans l'épaisseur des broussailles. Dorothée fut tourmentée d'une nouvelle inquiétude, celle d'être forcée de passer la nuit dans ce lieu sauvage et désert, probablement peuplé de ces animaux féroces que la nuit engage ordinairement à sortir de leur repaire pour chercher leur proie. Le malfaiteur et les bêtes féroces ont une affreuse ressemblance, c'est de choisir l'ombre de la nuit pour commettre leurs ravages. Dans une contrée inconnue, sans le moindre chemin frayé, où l'on craignait à chaque pas de tomber au fond de quelque précipice, il était impossible d'entreprendre d'aller plus loin durant les ténèbres; il leur fallut attendre jusqu'au lendemain dans cette pénible position, et même alors ils ne savaient de quel côté se diriger; car ils ne comptaient plus sur le secours de Clausse, qui aurait dû être arrivé depuis longtemps.

Dorothée, tremblante de crainte et dévorée d'inquiétude, pleurait à chaudes larmes. Soudain elle se leva d'un bond; car elle entendait un bruit dans les broussailles, et s'attendait à l'apparition de quelque bête sauvage. Robert n'avait pour toute arme qu'un bâton noueux, avec lequel il se mit sur la défensive. Cependant le bruit s'approcha, et tout à coup un cri de chasse se fit entendre. C'étaient donc des hommes : Dorothée se sentit soulagée d'un poids énorme. Mais soudain une autre crainte la saisit: n'étaient-ce pas des gens mis à leur poursuite? N'importe; leur position était trop affreuse. Robert répondit à ce cri, et un moment après Etienne, accompagné d'un autre individu, sortit du fourré. « Les voilà enfin, dit-il à son compagnon; ils n'auront pas été à leur aise depuis si longtemps qu'ils nous attendent; mais prenez courage, notre vieux Clausse est arrivé à bon port. Voilà du pain et du vin qu'il vous envoie en vous enjoignant de le manger chemin faisant; car vous devez vous être suffisamment reposés, et il faut nous suivre sans délai. Bientôt vous trouverez une nourriture chaude et une bonne couchette. » Ces paroles consolantes leur donnèrent de nouvelles forces; ils se mirent aussitôt en route, et se sentirent assez forts pour marcher pendant quelques lieues.

Enfin ils atteignirent une cabane entourée d'un fourré très-épais. Ils y entrèrent, et virent une bande de huit hommes assis autour d'une table, occupés à boire. Parmi eux se trouvait Clausse. « Soyez les bienvenus dans notre nouvel asile, leur cria-t-il; le repas est prêt et vous attend depuis quelque temps; prenez vos places, et restaurez-vous bien après tant de fatigues. »

Aussitôt on servit un magnifique chevreuil, et le vin coula à flots. Après quelques rasades, Clausse prit la parole : « Pour vous dire la chose en peu de mots, il faut que je vous fasse connaître en quelle société vous vous trouvez. Nous sommes des contrebandiers ; mais le diable a mis nos persécuteurs sur nos trousses, et ceux-ci nous ont tellement gâté le métier, qu'il ne vaut plus rien au moins pour un an, jusqu'à ce que l'affaire soit oubliée : et même nous avons jugé prudent de quitter la contrée, vu qu'on y a publié notre signalement. En attendant, nous avons trouvé ici un asile, où nous vivons du gibier que le hasard conduit à la portée de nos fusils. Cette industrie nous nourrit abondamment ; notre table est toujours bien servie, et notre commerce prospère. C'est ainsi que nous attendrons des temps plus favorables où chacun de nous pourra aller où il lui plaira. Vous le voyez, je n'ai point de secret pour vous ; car toi surtout, ajouta-t-il en désignant Robert, tu me parais être un luron de bonne trempe et qui pourra nous convenir ; ta femme ou ta sœur, n'importe, pourra aussi nous rendre de bons services, car il y a toujours dans la maison diverses choses dont l'homme ne peut pas se mêler. En retour, elle aura fidèlement sa part du butin, tout comme si elle avait aidé à le conquérir. Maintenant décidez-vous, et vite : je vous conseille d'accepter notre proposition de bon gré ; car avant de nous exposer au danger d'être trahis par vous, nous aurons le moyen de vous réduire au silence. » A ces mots, il jeta son regard sur un fusil à deux coups suspendu au mur.

Robert comprit parfaitement cette pantomime. Lui-même était bien aise d'avoir trouvé un asile où il espérait pouvoir vivre longtemps caché. L'accord fut fait sur-le-champ, et lui et sa femme furent incorporés dans la bande. Robert était un excellent tireur ; bientôt il fut l'âme de leurs complots et le chef de leurs périlleuses et criminelles entreprises. Dorothée aussi prenait goût à cette vie infâme, et souvent, quand les hommes rôdaient des journées entières dans les bois et les montagnes, et qu'elle n'avait pas de travail pressé à la maison, elle allait vendre le gibier à des personnes connues ; car il existe malheureusement partout une foule de gens sans moralité, que l'appât du gain porte à favoriser ce commerce illégitime.

Pendant assez longtemps, les braconniers exercèrent leur métier avec une sécurité entière ; mais enfin les agents forestiers furent prévenus, et cherchèrent à découvrir les auteurs de ces délits. Leurs efforts n'obtinrent d'abord aucun succès; car, il faut le dire, rarement on avait vu une bande de malfaiteurs aussi bien organisée et aussi rusée que celle-ci. Il n'était réservé qu'au malheureux Martin de surprendre et d'atteindre d'une balle un de ces scélérats qui ne se rendait pas à ses sommations. Le coup était bien ajusté; mais le blessé conserva encore assez de forces pour gagner à travers les broussailles une fente de rocher, où il put rester blotti tant que dura le danger. Ensuite il se traîna jusqu'à leur secret repaire. Ce blessé était Clausse lui-même. A la grande frayeur de toute la bande, il arriva dans la cabane exténué de faiblesse et de fatigue. On se hâta de panser sa blessure; mais la perte de son sang et l'absence des premiers soins l'avaient rendue mortelle; la plaie était enflammée : il expira le lendemain au milieu du pansement.

Un cri de vengeance s'éleva dans toute la caverne. Clausse n'avait que trop bien reconnu son adversaire : tous jurèrent la mort du brave Martin. « A moi, s'écria le jeune Étienne, à moi l'œuvre de la vengeance; car le sort de Clausse m'intéresse plus particulièrement; c'est lui qui m'a élevé, qui a pris soin de mon enfance, et je vous donne ma parole que son meurtrier subira le même sort. » Tous témoignèrent leur contentement de voir la résolution du jeune scélérat qui grandissait dans le crime. Il prit congé d'eux, et il nous suffira de dire que c'était lui qui s'était engagé comme apprenti chasseur chez le brave forestier Martin, et qui, se trouvant seul dans le bois avec l'infortuné vieillard, l'avait lâchement frappé d'une balle dans le dos, et aussitôt après s'était réfugié de nouveau dans la caverne des brigands.

CHAPITRE IX

Les contrebandiers.

Nos lecteurs se rappelleront que le comte de Vellau s'était entendu avec tous les grands propriétaires de la contrée pour organiser une battue générale contre les braconniers qui infestaient ses bois. Cette mesure fut exécutée avec toute l'énergie et toute la promptitude désirables. On passa plusieurs jours à chercher, avant de pouvoir découvrir leur gîte; mais alors aussi la vengeance éclata dans toute sa force. La cabane, cernée de toutes parts, fut prise d'assaut, malgré la résistance désespérée des brigands; de nombreux coups de fusil furent échangés, mainte victime innocente tomba baignée dans son sang; mais enfin les brigands furent saisis dans leur repaire, et ce qui n'était pas tombé mort fut garrotté et livré à la justice: l'infâme Étienne, l'assassin de Martin, se trouvait du nombre. Cependant deux de ces scélérats, depuis longtemps signalés par la justice, échappèrent cette fois encore à la punition de leurs crimes: ce fut Robert et Dorothée. Le premier était absent, on l'avait envoyé braconner dans une contrée fort éloignée; et Dorothée s'était rendue dans un bourg voisin pour vendre du gibier et acheter des provisions. Après avoir fait une vente avantageuse et complété ses achats, elle était entrée dans une auberge pour y prendre son repas, lorsque plusieurs chasseurs y arrivèrent aussi, pleins de joie et d'allégresse. « Par ma foi! s'écriaient-ils, l'affaire a été chaude, les scélérats se sont défendus comme des ours; mais eussent-ils été des lions, ils auraient été terrassés de même: moi seul, pour ma part, j'aurais tenu tête à quatre de ces brigands, s'il avait fallu. » Ce hardi parleur était précisément un de ceux qui se tenaient prudemment un peu loin du combat; on pouvait le deviner à sa jactance, car on sait que les plus rodomonts ne sont pas toujours les plus vaillants; mais Dorothée devint fort attentive à ces discours. Elle resta tranquillement assise dans un coin obscur, et apprit par le récit des chasseurs tout ce qui s'était passé dans la forêt.

Il s'agissait maintenant de prendre une prompte résolution. Étant sortie de la salle sans qu'on l'eût remarquée, elle alla à la cuisine trouver la femme de l'aubergiste, et la tirant à l'écart, elle lui dit: « Madame, le commerce que nous faisions vient d'être découvert, et je cours à chaque instant le danger d'être arrêtée. Mais je suis bien résolue à ne pas me perdre seule. Choisissez: ou vous me procurerez un autre costume et des facilités pour m'échapper, ou bien je vous dénonce, vous et votre mari, comme nos complices en braconnage; et vous n'ignorez pas que devant la justice le recéleur est aussi coupable que le voleur. » L'hôtesse fut très-effrayée de cette menace; elle se hâta de consulter son mari. Ils n'avaient qu'un parti à prendre: c'était de la mener dans une chambre particulière, de lui fournir un autre costume, et de charger le domestique de la conduire dans une carriole à une ville qui se trouvait à dix lieues de là. C'est ainsi qu'elle échappa cette fois heureusement au danger dont elle était menacée, et nous entendrons encore parler d'elle par la suite.

Que devenait Robert? Celui-ci revint de sa tournée tout chargé de gibier. Il s'acheminait gaiement vers la cabane, et quelle ne dut pas être sa surprise en la trouvant déserte, criblée de balles, et portant partout les traces d'une attaque terrible et d'une défense désespérée! A ces signes, il put deviner facilement ce qui était arrivé et reconnaître qu'il n'était plus en sûreté dans cet endroit. Son premier soin fut donc de chercher son argent qu'il avait caché, même à l'insu de ses camarades, dans le creux d'un arbre. Mais le proverbe dit : « Ce qui vient de la flûte s'en retourne au tambour. » Robert en vit la preuve ; le trésor volé avait disparu : qui l'avait pris? quand et comment l'avait-on découvert? Robert n'en put rien savoir.

Robert furieux se heurta la tête contre l'arbre qui avait mal gardé son trésor ; mais cet arbre insensible ne put lui rien dire ni lui rendre son argent. Cependant Robert désolé devait s'éloigner au plus vite ; car, à en juger par les traces de sang encore toutes récentes, le combat avait eu lieu la veille, et sans doute on reviendrait bientôt faire la perquisition que l'on n'avait pas faite encore, puisqu'il trouva plusieurs bons fusils de chasse dans la cabane, et sur la table plusieurs verres remplis de vin ; on n'avait donc songé la veille qu'à s'emparer des brigands, et on avait remis au lendemain le soin très-important de fouiller la cabane et les environs. Robert ramassa promptement tout ce qu'il put emporter, et avec la vitesse d'un chevreuil il s'enfuit dans la partie supérieure de la montagne, où il se coucha à l'ombre d'un buisson, harassé de fatigue, et s'abandonna au sommeil.

Le lendemain matin, la faim et la soif le réveillèrent : il trouva dans sa gibecière de quoi manger, et alla se désaltérer à une source voisine.

Dans ce moment il eut le loisir de réfléchir sur sa position. Quel parti prendre? de quel côté se diriger? De toutes parts environné de périls, fort peu muni d'argent, il se vit exposé à toutes les horreurs du besoin et de la misère, qui lui apparurent comme deux fantômes hideux et menaçants.

Il eut beau rêver et méditer, il ne trouva rien de mieux à faire que de rester dans ce lieu solitaire jusqu'à ce que le hasard lui présentât quelque moyen d'en sortir sans trop de danger; il s'enfonça donc encore davantage dans la contrée la plus montagneuse, pourvoyant à sa triste existence par le braconnage; il devint de plus en plus sauvage; ses vêtements tombèrent en lambeaux : encore ce métier ne fournissait-il pas toujours à sa subsistance, et, ne rencontrant pas toujours du gibier, il lui arriva plus d'une fois de passer des journées entières sans nourriture. Las enfin de ce genre de vie, il prit la résolution de retourner dans un pays habité, pour y trouver un moyen quelconque d'existence; mais comment entreprendre un voyage sans argent et sans papiers? comment se présenter aux yeux de qui que ce soit avec ses habits en guenilles? Le misérable! il ne lui restait plus qu'à se porter aux derniers excès du crime, à se livrer au brigandage, qui mène tout droit à l'assassinat. Mais tirons un voile sur ce hideux tableau, et retournons auprès de notre bonne et aimable Fridoline.

CHAPITRE X

Le soupçon.

Depuis le désastre qui avait ruiné son père, Fridoline n'avait pas encore vu s'écouler des jours si heureux que ceux qu'elle passait dans le château du comte de Vellau. Le comte était un homme d'honneur; il n'aurait pu traiter sa sœur avec plus de délicatesse. Il ne se sentait heureux qu'auprès d'elle et de son père, qui ne la quittait plus. Le généreux comte, craignant que le travail ne fatiguât sa vue, avait, à force d'instances, engagé M. Verner à quitter le bureau et à passer doucement toutes ses journées auprès de sa fille. Le comte aimait beaucoup à jouir de leur société; la conversation du père était si instructive et si attachante! la fille avait des sentiments si purs et si nobles, et des talents si attrayants! Tous les jours, dès qu'ils étaient réunis et disposés à recevoir une visite, le comte faisait demander au père si sa présence ne les gênerait pas ; le père allait au-devant de ce généreux et discret bienfaiteur ; Fridoline chantait ou touchait du piano ; on l'écoutait avec ravissement, car sa voix était juste et pure, et l'instrument animé sous ses doigts légers rendait une douce harmonie. Ou bien elle faisait quelque lecture pieuse, et son père y mêlait des observations pleines de sens et de charme ; ou bien encore on causait tous ensemble sur divers objets ; souvent aussi le comte s'amusait avec la jeune pie ou la colombe. Cette dernière surtout devint tellement familière avec lui, qu'elle le suivait même dans ses promenades en voiture, tantôt voltigeant autour de l'équipage, tantôt se penchant sur l'impériale ; et lorsqu'il descendait de voiture, elle venait s'abattre sur son épaule en roucoulant et en le caressant.

C'est ainsi que les jours et les semaines s'écoulaient dans les tranquilles jouissances du bonheur domestique.

Vers cette époque, la tante du comte mourut, et lui légua une fortune colossale, mais dont il ne pouvait jouir qu'après le gain du procès entamé. Toutefois elle avait chargé son intendant de lui remettre à sa mort le riche écrin dont son neveu lui avait fait autrefois présent. Le comte contemplait ces bijoux avec plaisir ; car c'était par eux qu'il avait eu l'occasion de connaître le vertueux Verner et l'aimable Fridoline. Surpris un soir dans cette agréable distraction par la brusque annonce d'une visite inattendue, au lieu de replacer les bijoux dans l'écrin et l'écrin dans son secrétaire, il les laissa épars sur la table, se contentant de fermer à clef la porte de son cabinet, et n'y pensa plus.

Quand, le lendemain, vers midi, en rentrant dans ce cabinet, il voulut ranger les bijoux dans leur écrin, quel fut son étonnement lorsqu'il s'aperçut qu'il y manquait une très-belle agrafe! Il ne pouvait l'avoir égarée; il fouilla tous les tiroirs du secrétaire, rien!... Qui donc était entré dans son cabinet particulier? Personne; lui seul et Fridoline, qui venait tous les matins renouveler les fleurs dont elle ornait les fenêtres, et qu'elle cultivait elle-même. Ce matin comme toujours les fleurs avaient été changées; Fridoline était donc entrée, et personne après elle, car il avait trouvé la porte bien fermée : quelle douloureuse remarque pour le noble comte! Un poids accablant pesait sur son cœur. La rougeur de la honte couvrit son front au moment où se réveilla dans son esprit un soupçon désolant qu'il aurait voulu repousser. Il s'approcha de la fenêtre : impossible à cette hauteur de monter au moyen d'une échelle : à chaque instant on aurait été découvert par les nombreux domestiques du château. Et puis, personne ne pouvait encore l'avoir vu, personne que Fridoline, qui se trouvait présente quand il l'avait ouvert. Elle aurait osé toucher à cet écrin qui lui avait déjà été si fatal ! Non, non ! et une foule de pensées et de sentiments contraires vinrent bouleverser son âme. Cette figure angélique, où brillait la candeur de l'innocence, se présentait sans cesse à son imagination. « Non, non, c'est absolument impossible ! » s'écriait-il avec véhémence et en se frappant le front. Mais le hideux soupçon réfugié dans le fond de son cœur y luttait contre l'incrédulité, et s'irritait de sa faiblesse.

Vellau chercha à se remettre ; il se rendit droit à l'appartement de Fridoline. Elle était assise au piano ; il loua son jeu, sa méthode de chant ; mais on voyait clairement qu'il était distrait, préoccupé.

Il lia conversation avec elle sur des objets assez indifférents, mais sans savoir ni ce qu'il disait ni ce qu'on lui répondait. Enfin il tira l'écrin de sa poche pour le lui montrer. Elle le reconnut, et au même instant le souvenir des malheurs que ce fatal écrin lui avait causés se réveilla dans sa mémoire ; ses joues se colorèrent d'une vive rougeur. Le comte, remarquant cette rougeur subite, devint pâle comme la mort ; son cœur battait avec violence, tourmenté par les divers sentiments dont il était assailli ; ses genoux fléchirent, et il fut obligé de s'appuyer contre un meuble pour ne pas tomber à la renverse. Fridoline jeta un cri perçant, courut le soutenir et lui demanda ce qu'il avait. « Rien, rien ! » répondit le comte, et, rassemblant toutes ses forces, il se précipita hors de la chambre. Presque aussitôt elle entendit la voiture du comte rouler dans la cour ; il s'y jeta brusquement, et les chevaux partirent avec une telle vitesse, que les étincelles jaillissaient sous leurs pieds.

Fridoline resta comme pétrifiée : il lui était impossible de s'expliquer ce qu'elle venait de voir. Où allait le comte ? Elle questionna les domestiques ; on lui dit qu'il allait à la maison de campagne d'un de ses voisins, où était le rendez-vous d'une grande partie de chasse à laquelle on se préparait. Mais pourquoi cette conduite étrange et mystérieuse avec elle ? pourquoi ce départ précipité ? C'étaient autant d'énigmes qu'elle cherchait vainement à comprendre.

Le retour du comte se différait de jour en jour, enfin sa voiture rentra au château : il amenait de la société avec lui. Fridoline ne trouva donc pas surprenant qu'il ne vînt pas tout de suite la voir, comme à l'ordinaire. Les étrangers restèrent plusieurs jours, enfin ils partirent, et le comte demeura invisible pour elle. Aurait-il donc des motifs de mécontentement? elle ne pouvait le voir qu'en présence de diverses autres personnes, et elle observait que ses manières avaient totalement changé; elle ne lui trouvait plus sa cordialité habituelle. La pauvre Fridoline s'inquiétait de plus en plus. Cependant elle remarqua que ce n'était pas envers elle seule que le comte avait changé : sa froideur et sa mauvaise humeur s'étendaient à tous les autres domestiques. Peut-être lui était-il arrivé quelque grave et secret désagrément. Fridoline était trop modeste et trop discrète pour le lui demander. Elle ne fit pas connaître la peine qu'elle ressentait, et elle continua comme auparavant de soigner le ménage et d'orner chaque jour de nouvelles fleurs la fenêtre du cabinet du comte.

Ainsi que nous avons déjà eu occasion de l'observer, le comte était d'un caractère léger, distrait et oublieux; souvent il laissait traîner dans sa chambre des bijoux ou d'autres objets de prix sans y faire attention : la défiance répugne tant à un cœur pur et candide! Cependant il s'aperçut qu'en peu de semaines on lui avait dérobé plusieurs choses : tantôt c'était une pièce de monnaie, tantôt une épingle d'or ou quelque autre bijou; chaque fois il secouait la tête avec humeur, mais sans rien dire à personne. Un jour, il arriva qu'un anneau de sa chaîne de montre se rompit. Le comte la détacha, et la posa sur son secrétaire dans l'intention de l'envoyer par la première occasion à un orfévre pour la faire raccommoder. Cette chaîne était légère, mais artistement travaillée, et il y tenait d'autant plus qu'elle lui venait de son père.

Quelques jours après, au moment où il allait envoyer un de ses gens à la ville, il se souvint de la chaîne; il la chercha. Elle avait disparu. Pourtant il se rappelait parfaitement la place où il l'avait déposée. Alors il perdit patience; sa longanimité était épuisée. Sous un vain prétexte, il monte à l'appartement de Fridoline. Cette visite inattendue et la précipitation avec laquelle il entra, surprirent et troublèrent la jeune fille. Le comte fixait sur elle des regards scrutateurs, il voulait parler et ne savait par où commencer : cette hésitation, qui n'échappa point à Fridoline, augmentait encore son embarras. Enfin elle rompit le silence : « Qu'est-ce donc, monsieur le comte? il paraît que vous avez quelque chose de désagréable à me dire : veuillez ne pas me laisser plus longtemps dans l'incertitude.

— Oui, sans doute, de fort désagréable, répondit le comte ; et voilà pourquoi il m'est si pénible de m'expliquer avec vous. Vous devez vous être aperçue, Fridoline, que je suis de mauvaise humeur ; pourtant je n'ai voulu rien faire connaître ; la défiance est si opposée à mon caractère ! mais enfin il faut parler. Parmi les personnes qui habitent ma maison il y a quelque infidèle qu'il est de mon devoir de connaître. Depuis quelque temps, différents objets m'ont été dérobés dans mon cabinet... » Il s'arrêta et fixa sur Fridoline un regard pénétrant, qui devait naturellement achever de bouleverser son esprit inquiet.

« Je me vois donc dans la nécessité, continua le comte, de faire la perquisition la plus sévère chez tous les habitants du château. Vous vous troublez, Fridoline, cela vous chagrine; j'en suis bien fâché, mais je ne puis vous exempter de la mesure générale ; mes autres serviteurs se sentiront moins humiliés quand ils verront que je n'en dispense pas même les personnes qui jouissent de mon estime et de mon affection particulière. J'ai donc pensé que vous ne refuseriez pas à vous y soumettre la première.

— Oh! très-volontiers, monsieur le comte, » répondit Fridoline en cherchant à cacher sa confusion; car tout ceci lui rappelait le triste souvenir de la visite domiciliaire qui avait eu pour elle de si funestes suites.

Le comte tira la sonnette, et ordonna de faire entrer le valet de chambre. C'était un homme d'une probité éprouvée. Il lui dit la même chose qu'à Fridoline, et ordonna de procéder immédiatement à la perquisition, sans que les gens de la maison en fussent instruits. On ferma la porte à clef, et les recherches commencèrent. Fridoline se remit, le sentiment de son innocence lui donnait de nouvelles forces; elle-même ouvrait commodes et armoires, elle apportait elle-même toutes ses boîtes, tous ses paquets; la chambre entière fut bien exactement visitée sans qu'on y trouvât rien. L'opération terminée, le comte balbutia une froide excuse, et quitta l'appartement, accompagné de son valet de chambre. Mais dans ce moment, Fridoline, épuisée des efforts qu'elle avait faits pour se contenir, tomba à demi évanouie sur un sofa; heureusement un torrent de larmes parvint à s'échapper de ses yeux, et soulagea son cœur oppressé.

Cependant le comte avait fait rassembler tous ses gens dans la grande salle, où il les tenait renfermés, tandis que lui-même et son valet de chambre visitaient minutieusement toutes les chambres du château. Mais nulle part on ne découvrit aucun des objets volés.

Mécontent de l'inutilité de ses recherches, le comte alla se renfermer dans l'intérieur de son appartement; peu d'instants après arriva une dépêche de la ville : on lui mandait que sa prompte arrivée était indispensable pour le succès du procès relatif à l'héritage de sa tante. Il fut charmé d'avoir un prétexte plausible de quitter le château; il donna donc les ordres nécessaires, et deux heures ne s'étaient pas encore écoulées, que déjà il était en route avec son valet de chambre.

Il avaient fait deux à trois lieues lorsque le comte entendit un léger bruit; et il reconnut la fidèle colombe de Fridoline, qui entrait dans la voiture. Cette fois, comme tant d'autres fois, elle s'était arrêtée d'abord sur l'impériale; et probablement l'envie de recevoir un peu de nourriture l'avait ensuite engagée à rendre au comte une visite plus directe.

A l'aspect imprévu de cette colombe, le comte fut saisi d'une vive émotion, son cœur se serra; il aurait bien voulu la chasser, mais on était déjà trop loin du château pour qu'on pût être sûr qu'elle en retrouverait le chemin; le comte n'avait nulle envie d'y retourner lui-même; il ne restait donc d'autre parti à prendre que de garder la pauvre bête. Le comte la confia à la garde et aux soins du valet de chambre, qui apaisa aussitôt l'appétit de la petite gourmande avec quelques biscuits.

Le comte arriva à la ville. L'héritage était considérable; mais avant que tous les détails de cette affaire fussent débrouillés, il se passa plusieurs semaines. Enfin la riche cassette fut placée dans la voiture, et le comte, accompagné de son valet de chambre et d'un chasseur qu'il avait nouvellement pris à son service, se remit en route pour retourner dans son domaine. Chemin faisant, il s'était arrêté chez un propriétaire de ses amis : en vain celui-ci voulut l'engager à passer la nuit chez lui, le comte refusa et continua son chemin à la nuit tombante. L'obscurité augmentait de plus en plus; cependant on pouvait encore assez bien distinguer les objets autour de soi, lorsqu'on passa dans un endroit très-isolé auprès d'un épais taillis. Tout à coup on vit s'élancer des broussailles un individu qui saisit les rênes et arrêta les chevaux. « Qu'est-ce que cela? » s'écria le comte en lâchant la colombe pour prendre ses pistolets. A l'instant où la colombe s'envolait par la portière, on entendit un coup de fusil, et presque aussitôt une seconde détonation; mais celle-ci partait du siége où était assis le chasseur, qui sauta à terre. Un cri affreux suivit le dernier coup de fusil; le comte et le valet de chambre descendirent à la hâte. « Voilà le bandit qui arrêtait les chevaux! s'écria le chasseur; je crois que je lui ai fracassé le crâne avec la crosse de mon fusil, et j'ai envoyé une balle à celui qui a tiré sur la voiture; je suis certain de ne l'avoir pas manqué, car je l'ai vu tomber là-bas dans les broussailles. » Le comte et le chasseur coururent; le cocher et le valet de chambre restèrent auprès de la berline. Ils trouvèrent effectivement le brigand baigné dans son sang; il voulut encore se défendre avec un couteau; mais le chasseur, homme très-robuste, s'en rendit bientôt maître, et lui garrotta les mains avec une cravate, puis il le traîna jusque auprès de la voiture, et alors le valet de chambre rapporta que l'individu qui avait saisi les chevaux par la bride, et qui maintenant restait étendu dans son sang, était une femme déguisée en homme. On résolut aussitôt de transporter ces deux malfaiteurs au bourg le plus voisin pour les livrer entre les mains de la justice. Mais comment effectuer ce transport? il y avait encore une lieue jusqu'à la plus prochaine habitation.

« La chose est bien facile, dit le chasseur en rechargeant son arme. Le cocher emmènera sur-le-champ Monseigneur avec la voiture; moi je resterai en faction auprès de ces deux brigands, et le premier qui bougera verra beau jeu; du premier village vous m'enverrez une charrette et du renfort pour les conduire en prison. »

C'était, en effet, le seul bon parti à prendre. Lorsque le comte allait remonter en voiture, il aperçut à peu de distance, par terre, un objet blanc; il se baissa pour la ramasser... C'était la pauvre colombe, morte et couverte de sang. En s'envolant par la portière elle avait rencontré la balle qui était destinée au comte, à qui sans doute cet accident sauva la vie. Ce ne fut pas sans une vive et douloureuse émotion que le comte emporta le pauvre petit animal, qu'il enveloppa dans son mouchoir. Le cocher fouetta les chevaux, et la voiture partit avec la rapidité d'une flèche.

Dès que le comte eut atteint la première bourgade, il fit savoir au juge du canton ce qui venait d'arriver; une charrette fut attelée, le chirurgien et plusieurs paysans armés y montèrent et se dirigèrent avec des torches allumées vers le lieu désigné. Les prisonniers, après qu'on eut mis un appareil provisoire sur leurs blessures, furent placés sur la charrette, conduits au bourg, et de là dans les prisons du tribunal d'arrondissement, où l'on commença immédiatement à instruire leur procès.

CHAPITRE XI

Départ de Fridoline.

Cependant le comte et ses gens arrivèrent sans aucun autre accident au château de Vellau; mais le comte, se ressentant un peu de la secousse qu'il avait éprouvée, se mit de bonne heure au lit. Lorsque, le lendemain matin, il fit appeler l'intendant pour lui donner des ordres et lui recommander d'avoir soin du brave chasseur, l'intendant lui présenta un paquet cacheté.

« De quelle part? demanda le comte.

— De M. Verner, le père de Fridoline. Le second jour après votre départ, il a disparu du château avec sa fille, après m'avoir donné ce paquet pour le remettre à Monseigneur.

— Ils sont donc partis, murmura le comte en lui-même; eh! tant mieux. Qu'ils jouissent en paix de ce qu'ils m'ont dé... » mais aussitôt se reprochant cette pensée involontaire, il se reprit... « de ce qu'ils ont gagné chez moi. Aussi bien leur présence ici m'eût été trop pénible. Mettez ce paquet dans le tiroir de ma commode; je l'ouvrirai dans un autre moment. »

En effet, l'événement de la veille avait causé au comte plus de saisissement qu'il ne le croyait d'abord lui-même... Il fut obligé de garder le lit pendant plusieurs jours. Cette attaque des brigands avait également fait une grande sensation dans toute la contrée. De toutes parts les propriétaires circonvoisins vinrent féliciter le comte d'avoir si heureusement échappé au danger; car il était généralement aimé. Il reçut donc de nombreuses visites; comment aurait-il alors songé à autre chose qu'à bien recevoir ses voisins? Quinze jours après, le comte reçut une lettre du président du tribunal provincial, qui l'invitait à envoyer un délégué pour être présent au dernier interrogatoire et au jugement des deux criminels. Le comte donna cette mission à son régisseur, sur le zèle et l'intelligence duquel il pouvait se reposer en toute confiance. Celui-ci partit au jour fixé pour l'audience, et nous sommes forcé de revenir, malgré nous, sur des personnages dont la dépravation ne peut inpirer que de l'horreur.

Nos lecteurs se rappellent comment Dorothée sut se tirer d'affaire au moment où elle courut le danger d'être reconnue et arrêtée chez l'aubergiste à qui elle vendait son gibier. L'hôtesse lui donna des vêtements, et on la conduisit en carriole jusqu'à la prochaine bourgade: mais que faire ensuite? le peu d'argent qu'elle avait sur elle fut bientôt dépensé, elle ne savait plus que devenir. Déjà trop habituée à une vie errante et désœuvrée, elle vendit le peu d'effets que l'hôtesse lui avait donnés, et erra dans différentes contrées et sous divers costumes, employant toutes sortes de moyens pour soutenir son existence. Tantôt elle se présentait comme une marchande qui venait d'être dévalisée par des voleurs; tantôt c'était une veuve dont le mari avait dissipé toute la fortune, et qui s'était vue obligée de quitter ses foyers et d'abandonner son bien aux créanciers; enfin elle recourait à toute espèce de ruses et de mensonges pour intéresser les âmes charitables. Quelquefois elle réussissait à en imposer et à obtenir des vivres et des secours; mais très-souvent aussi on ne voyait en elle qu'une méprisable vagabonde, et on la chassait ignominieusement. C'est ainsi que Dorothée, fille d'un riche négociant, et ayant reçu ce qu'on nomme une brillante éducation, errait de village en village, traînant une existence misérable, vivant de ruses et d'escroqueries.

Un soir elle vint à l'auberge d'un hameau demander un gîte pour la nuit. L'hôte eut la charité de lui donner un verre de vin et de quoi souper. Du coin où elle s'était accroupie, elle examinait furtivement les voyageurs; ils étaient nombreux : c'étaient des paysans revenant du marché, et qui étaient tous gais et de bonne humeur. Un moment après entra un homme; il prit place non loin de Dorothée; et, après avoir demandé d'un ton brusque une bouteille de vin, il appuya sa tête sur l'une de ses mains et son coude sur la table, et parut absorbé dans de profondes réflexions; il ne faisait nulle attention aux autres voyageurs. Le son de la voix de cet homme avait frappé Dorothée; quand on apporta les lumières, elle le regarda à la dérobée, et crut reconnaître Robert: en effet, c'était lui. Que fera cette femme? S'esquivera-t-elle pour le fuir, ou bien se réunira-t-elle à lui? Ce dernier parti lui sembla préférable; car elle espérait trouver une existence plus aisée auprès de son mari, qu'elle avait vu tirer de sa poche une poignée d'argent lorsqu'il avait payé l'aubergiste.

Au moment où il prenait son manteau pour partir, Dorothée se glissa hors de la salle et alla l'attendre sur la route; il la reconnut sur-le-champ. « Aujourd'hui, lui dit-il, tu viens mal à propos. Retourne à ton auberge, passes-y la nuit; mais demain au soir dirige-toi par le petit sentier vers le bois que tu vois là-bas: tu y trouveras, sur la gauche, une borne en pierre: c'est là que tu dois m'attendre. » A ces mots il s'éloigna rapidement, et Dorothée rentra à l'auberge.

Le lendemain matin, après avoir bien remercié le charitable aubergiste, elle se remit en route et trouva l'endroit désigné. Vers le soir,

Robert vint, en effet, la rejoindre. La destinée semblait vouloir les réunir encore une fois, afin qu'ils subissent ensemble la juste punition de leurs crimes. « Je suis bien aise, dit Robert, de te revoir en ce moment. Tu vas m'aider à faire un coup qui nous rendra toute notre ancienne aisance; écoute : ce soir, peut-être tout à l'heure, il passera une berline de voyage où seront un certain comte et son vieux valet de chambre. Cette voiture est chargée d'une cassette qui renferme des valeurs considérables. Tu n'auras qu'à te tenir cachée à la place que je t'indiquerai, et dès que la voiture sera près de nous, tu sauteras sur les guides et tu arrêteras les chevaux. Quand mon fusil aura expédié le comte, il nous sera facile de nous rendre maîtres du cocher et du vieux valet de chambre. » Dorothée voulait faire quelques objections; mais l'air menaçant de Robert et son ton impérieux la retinrent. Elle se laissa conduire à la place désignée. La voiture arrivait. Robert ignorait que le comte eût un domestique de plus : comme la soirée s'avançait, il prit pour le vieux valet de chambre le robuste et hardi chasseur qui était assis à côté du cocher. Nos lecteurs savent déjà comment cette odieuse entreprise tourna contre ses infâmes auteurs.

Lors de l'instruction judiciaire, les deux prévenus avouèrent tous leurs crimes, et Dorothée, ne voyant plus aucun moyen d'échapper aux rigueurs de la justice, versa des larmes amères, et raconta tous les détails de sa vie; pour atténuer ses torts et obtenir quelque indulgence, elle rejeta toute la faute sur Robert, qui l'avait poussée au crime. Il est présumable, en effet, qu'elle ne serait pas tombée dans un tel degré de dépravation, si elle n'eût eu la honteuse faiblesse de lier son sort à celui d'un monstre d'immoralité tel que Robert. Cette procédure et ces aveux devaient éclaircir complétement l'affaire de l'écrin. Dorothée ne cacha pas la moindre circonstance; elle avoua qu'en embrassant la pauvre Fridoline, elle avait eu la perfidie de glisser la bague dans la poche de son tablier. Le tribunal fit aussitôt un rapport au conseil de Lubeck, qui manda M. Abraham et le comte de Vellau; et l'innocence de Fridoline étant parfaitement prouvée, ces deux honorables citoyens furent dégagés de leur cautionnement. Abraham se fit expédier en bonne forme une copie de la procédure, et reprit l'écrin, qui jusqu'alors était resté déposé au greffe.

Abraham résolut d'aller au château de Vellau pour annoncer lui-même cette heureuse nouvelle à la bonne Fridoline; mais auparavant il dut encore assister comme témoin à la dernière audience du procès de Robert. Celui-ci et Dorothée confirmèrent leurs précédents aveux, et on prononça le jugement. Robert fut condamné à la peine de mort; Dorothée, vu certaines circonstances atténuantes, n'ayant point d'ailleurs participé à l'incendie de la ferme, et n'ayant suivi pour le reste que l'impulsion de son criminel séducteur, fut condamnée à dix ans de réclusion dans une maison de force. On conduisit ensuite les deux condamnés aux lieux où chacun d'eux devait subir sa peine. Robert mourut dans les sentiments d'un sincère repentir. Dorothée eut assez de loisir pour réfléchir sur sa vie passée, et implorer la miséricorde du juge souverain qu'elle avait si gravement offensé par sa conduite immorale et impie.

Le procès terminé, le régisseur du comte de Vellau retourna vers son maître. Le bijoutier Abraham ne put l'accompagner; une affaire commerciale, qu'il avait à terminer avec un riche propriétaire des environs, l'obligea de s'écarter de la route de Vellau.

L'honnête bijoutier fut reçu avec joie, et l'affaire en question promptement conclue. Cependant Abraham se laissa facilement engager à passer la journée tout entière dans cette maison de campagne. On aime à parler des choses dont le cœur est plein ; il raconta les malheurs de Fridoline et les preuves de son innocence. Le propriétaire, qui l'écoutait avec un vif intérêt, manifesta le désir de connaître la vertueuse Fridoline, et résolut d'accompagner Abraham au château de Vellau. Le comte était connu pour le bon accueil qu'il faisait à tous les honnêtes gens. Ils se mirent donc en route dès le lendemain matin.

CHAPITRE XII

Une découverte.

Pendant que tout ceci se passait, les convives avaient quitté le château de Vellau ; la santé du comte s'était un peu rétablie, mais la science des médecins restait impuissante pour dissiper le noir chagrin qui le consumait. Depuis le départ de Fridoline, le château lui semblait un affreux désert ; il se rappelait vivement les moments délicieux qu'il avait passés avec cette vertueuse fille et son estimable père. Partout l'absence de Fridoline se faisait sentir : son joli jardin n'était plus aussi bien soigné : les vases de fleurs sur la fenêtre de son cabinet n'étaient plus rangés avec autant d'ordre, d'élégance et de propreté. Voulait-il toucher du piano, la voix harmonieuse de Fridoline lui manquait pour l'accompagner. Il se mettait à lire ; mais les grands poëtes avaient un bien autre charme quand elle lui en faisait la lecture avec ce sentiment du beau et du sublime qui va droit à l'âme, parce qu'il y a pris naissance. En un mot, l'ennui le suivait partout, rien n'était capable de le distraire depuis le départ de Fridoline. Il se trouvait dans une disposition d'esprit étrange, inexplicable ; l'envie lui vint de suivre le conseil du médecin, qui l'engageait à se rendre dans la capitale, et à chercher dans le mouvement du monde des distractions plus puissantes.

Un matin, se sentant plus encore que de coutume absorbé dans cette mélancolie, il avait pris un livre et s'était étendu sur un canapé ; bientôt le livre, échappé de ses mains, tomba à terre sans qu'il daignât le ramasser ; le plus grand silence régnait autour de lui. Au bout d'un moment un léger bruit attira son attention et lui fit tourner les yeux vers la fenêtre, qui était presque toujours ouverte. Alors il vit la jeune pie de Fridoline se promener entre les vases de fleurs, puis elle voltigea dans l'intérieur du cabinet et s'abattit sur le secrétaire. Un diamant monté en épingle y était déposé. Le comte s'amusa d'abord à regarder l'oiseau jouer avec ce bijou, et le jeter çà et là : il se garda bien de faire le moindre mouvement qui eût pu effaroucher le gentil animal; mais lorsque enfin la pie fut parvenue à saisir avec son bec l'épingle en travers, elle tourna la tête à droite et à gauche comme pour s'assurer que personne ne la voyait; et psst!.. elle partit à tire-d'aile emportant ce riche butin.

A ce trait de lumière, le comte se leva en sursaut; à peine pouvait-il en croire ses yeux. Mais le fait était constant, l'épingle avait disparu; un mélange de sentiments confus et pénibles s'empara du comte. Il fit appeler le chasseur et lui raconta l'aventure. « Ah! s'écria celui-ci, s'il en est ainsi, ce n'est sûrement pas le premier coup d'essai de cette malicieuse drôlesse; elle doit avoir fait bien d'autres larcins, et peut-être elle a compromis bien des honnêtes gens; car ces petits animaux emploient toutes sortes de ruses pour dissimuler leurs vols. Il faut aviser aux moyens de se garantir de celle-ci. » Le comte ordonna de l'abattre d'un coup de fusil dès qu'elle se montrerait. « Gardons-nous-en bien, monsieur le comte, répondit le chasseur; tâchons de prendre le larron sur le fait et de découvrir sa cachette; sinon l'épingle sera perdue. » Le comte se décida donc à poser encore un bijou à la même place, et le chasseur enjoignit à tous les autres domestiques d'épier les allures de l'oiseau.

Le lendemain, la pie se tint tranquille; mais le jour suivant elle revint sur la croisée. Le comte l'observa en silence; cette fois encore la voleuse se mit d'abord à jouer avec le bijou, puis s'enfuit en l'emportant. Le chasseur, l'ayant vue rôder sur la fenêtre du cabinet, avait posté ses gens en silence. Lorsque la pie se retira, elle n'entendit pas le moindre bruit, et se dirigea sans crainte sur la droite du jardin, vers un arbre creux; elle disparut d'abord dans le feuillage, et puis reparut sans bijou. Aussitôt on apporta des échelles, l'arbre fut visité de toutes parts. « Je m'en doutais bien, s'écria le chasseur qui avait grimpé le plus haut. Voici un grand trou dans cet arbre; c'est sans doute le magasin; nous allons voir ce que ce maudit animal y a déjà caché. » Un moment après il descendit, les deux mains pleines d'objets dérobés, parmi lesquels se trouvaient ceux dont la disparition avait fait planer sur Fridoline des soupçons si fâcheux.

Que la divine Providence sait admirablement diriger et gouverner toutes choses, lorsqu'il s'agit de protéger l'innocence reconnue! De quelle manière miraculeuse elle sut enchaîner tous les événements pour conduire la bonne et pieuse Fridoline vers la plus belle et la plus glorieuse récompense de la vertu mise à de si rudes épreuves, mais demeurée toujours constante et pure!

CHAPITRE XIII

Conclusion.

Combien alors le comte de Vellau se reprochait d'avoir pu supposer la bonne Fridoline capable d'une action aussi déshonorante. Il lui aurait volontiers demandé pardon à genoux s'il avait connu le lieu de sa retraite. Mais l'eût-il même connu, quelle satisfaction offrir à cette fille vertueuse pour l'outrage et les chagrins qu'il lui avait fait subir ! Le comte se repentait également de sa négligence et de ses oublis. « Si je n'avais pas, disait-il, laissé sur mon secrétaire des bijoux qui devaient être soigneusement serrés, cet oiseau ne les aurait pas volés, et je n'aurais pas eu le malheur de soupçonner une personne innocente ! Pauvre Fridoline, que je suis coupable envers vous ! » Alors il se rappela le paquet cacheté qu'il avait jeté dédaigneusement dans un tiroir, et auquel il n'avait plus pensé. Il se hâta de le chercher, l'ouvrit, et y trouva une lettre de Verner.

« Monsieur le comte, y était-il dit, ne nous « taxez point d'ingratitude si nous quittons votre « maison. L'honneur l'exige : l'honneur, le seul « bien que je désire emporter au tombeau. Je « vous conjure, par tout ce qui vous est sacré, « de ne conserver aucun soupçon sur la probité « de ma fille : j'en atteste le Ciel, elle est inno- « cente. Trop affligée pour vous écrire elle- « même, elle m'a chargé de ce triste soin, et « vous renvoie tous les petits cadeaux dont vous « aviez eu la bonté de l'honorer en des jours plus

« heureux. Son cœur saigne en vous faisant ses « adieux, et elle vous prie de croire que la plus « vive reconnaissance pour vos généreux bien- « faits ne s'éteindra jamais dans nos cœurs. »

A peine le comte eut-il la force d'achever la lecture de cette lettre; elle lui tomba des mains, et des larmes brûlantes inondèrent ses joues. En ce moment une chaise de poste entrait dans la cour; un domestique vint annoncer la visite de M. Abraham et du baron de Stromberg. Le comte chercha aussitôt à se composer pourfaire à ses hôtes un gracieux accueil. Mais lorsque, dans le cours de la conversation, Abraham présenta au comte le texte de l'arrêt qui proclamait l'innocence pleine et entière de Fridoline, le comte ne fut plus maître de lui-même. Il éclata en plaintes et en gémissements; il raconta tout ce qui s'était passé dans le château. Abraham fut désolé de ne pouvoir féliciter la bonne Fridoline comme il s'en faisait une fête; et il promit au comte de ne rien négliger pour découvrir le lieu où elle s'était retirée. Le comte lui remit la lettre d'adieux pour en prendre lecture. Abraham, jetant les yeux sur l'enveloppe, parut frappé de surprise en examinant le cachet, que par hasard on avait laissé intact en ouvrant la lettre.

« Monsieur le comte, dit-il, sauriez-vous me dire quel est le propriétaire de ce cachet?

— C'est Verner, le père de Fridoline, répondit le comte.

— Admirablement bien gravé! reprit Abraham; je possède une petite collection de cachets et d'armoiries gravés, je suis amateur de ces objets. Voudriez-vous avoir la bonté de me céder celui-ci?

— Avec grand plaisir, » repartit le comte en souriant.

On se mit à table, et on fit mille efforts pour s'égayer. Le lendemain, Abraham et le baron de Stromberg prirent congé du comte: celui-ci fut obligé de promettre au baron, sur sa parole, de venir le voir à sa maison de campagne lors de sa première invitation.

« Ecoutez, mon cher Abraham, dit le baron quand ils furent en route, il m'a passé par la tête une idée qui me préoccupe malgré moi, mais dont je n'ai point voulu parler en présence du comte. Vous savez que je suis le chef d'une fondation pieuse pour les vieillards et autres malheureux; c'est une création de mes ancêtres. Le régisseur de cet établissement m'écrivit, il y a quelques semaines, qu'il venait d'y recevoir un vieillard infirme avec sa fille, sur l'offre qu'avait faite cette dernière de servir comme domestique, sans exiger d'autres gages que la nourriture et l'entretien du vieillard. En conséquence ce régisseur me demanda mon autorisation, que je m'empressai de lui accorder provisoirement, sauf à la rendre définitive à l'époque de la révision annuelle. Actuellement, mon cher monsieur Abraham, vous êtes sur le point de vous rendre à la capitale : eh bien! je serais d'avis que vous restassiez encore un jour chez moi : après-demain nous partirons ensemble. Qui sait? nous sommes peut-être sur les traces de nos fugitifs. » Abraham accepta la proposition : tous les préparatifs furent faits, et ils se dirigèrent ensemble vers la capitale.

Le jour même de leur arrivée, M. de Stromberg alla visiter l'établissement; Abraham l'accompagnait. Ils se rendirent chez le régisseur, qui fit appeler la nouvelle servante : elle entra. « C'est elle! » s'écria Abraham, en allant à sa rencontre et en la pressant dans ses bras. Fridoline le reconnut aussi, et lorsqu'il lui montra l'acte judiciaire qui constatait son innocence, elle versa des larmes de joie.

Abraham prit la parole : « Permettez-moi, Messieurs, de m'entretenir un moment en particulier avec M. Verner; j'ai des choses importantes à lui communiquer. » On pense bien que cette demande de l'honnête négociant lui fut accordée sans la moindre difficulté. Abraham entra dans la petite chambre, bien propre, qu'habitait Verner. Après un court entretien sur des sujets indifférents, Abraham fit connaître au vieillard la complète réhabilitation de sa fille et le repentir du comte. Le vieillard en rendit grâces à Dieu, mais il témoigna en même temps le désir de ne plus retourner au château du comte de Vellau. « Comme vous voudrez, répliqua Abraham; passons à un autre sujet : dites-moi, monsieur Verner, ce cachet est-il bien le vôtre?

— Oui, certainement, c'est le mien.

— Cela est surprenant! Vous en serviez-vous quand vous dirigiez votre maison de commerce?

— Je m'en suis toujours servi.

— Cependant il me semble que ce cachet était jadis celui de la famille des barons de Steinau?

— C'est très-possible...

— Il est impossible que je me trompe là-dessus. Le baron Pierre de Steinau éprouva de grands malheurs par suite des événements de la guerre; il fut complétement ruiné, et la perte de sa fortune le conduisit au tombeau. Il avait un fils unique, qui a disparu, et dont on n'a jamais eu de nouvelles.

— Moi, je puis vous en donner : ce fils changea de nom, et alla en pays étranger, où il entreprit le commerce des laines. Il eut du bonheur, et acquit une fortune considérable. Ayant épousé une roturière, il cacha avec soin son origine et son véritable nom. Cependant il pourrait arriver que cette révélation devînt utile à son enfant... Voici le diplôme, je suis le baron de Steinau...

— Bien, très-bien, monsieur le baron. N'avez-vous jamais entendu dire à monsieur votre père qu'il avait avancé à un certain Moïse un capital de cinquante mille écus pour aller s'établir en Amérique?

— Je me souviens d'avoir entendu parler de cela autrefois, et même j'ai encore conservé l'obligation que ce Moïse laissa à mon père; mais j'ignore ce que le débiteur est devenu.

— Ce Moïse alla en Amérique, y fit fortune, et après nombre d'années revint dans sa patrie. Son premier soin fut de s'informer de son bienfaiteur, auquel il avait plusieurs fois écrit sans jamais recevoir de réponse. Toutes ses recherches sur le descendant de la famille Steinau restèrent également infructueuses... Moïse était mon frère, il mourut dans mes bras. Je mis ce capital dans mon commerce avec l'intention de le rendre au légitime créancier. Cet argent a fructifié. Ce capital, avec les intérêts cumulés depuis près de quatre-vingts ans, se monte aujourd'hui à plus de cent vingt mille écus, que je suis prêt à vous compter dans le délai de trois mois. Veuillez, en attendant, accepter, ainsi que votre aimable demoiselle, ma maison pour demeure. Comme monsieur votre père est le premier auteur de la fortune de mon frère et de la mienne, j'ose espérer que vous ne me refuserez pas le bonheur de vous prouver ma reconnaissance. »

L'excès de la joie ôtait au respectable Verner la force de répondre; ce n'était pas pour lui, mais pour sa chère Fridoline, qu'il se réjouissait de ce bonheur inespéré. Fridoline et le baron de Stromberg apprirent bientôt tous ces détails, et l'excellent Abraham conduisit l'heureuse famille à sa demeure. Après quelques jours de repos, quand toutes les mesures pour la rentrée des fonds eurent été prises, et que les emplettes indispensables eurent été faites, ils se rendirent à l'invitation pressante de M. de

Stromberg, qui les priait de venir passer une partie de la belle saison à sa maison de campagne. Il n'est pas besoin de dire qu'Abraham aussi fut de la partie.

Cependant le comte de Vellau languissait dans le plus amer chagrin. Il ne pouvait se pardonner l'injuste soupçon qui avait affligé Fridoline et son père; il aurait sacrifié toute sa fortune pour n'être point tombé dans cette faute ou pour la racheter. Un jour il reçut inopinément une lettre de M. de Stromberg; celui-ci l'invitait à venir tout de suite le voir à sa campagne. Le comte n'était guère disposé à se livrer aux plaisirs de la société; cependant cette lettre d'invitation était conçue dans des termes si obligeants, qu'il lui fut impossible de s'y refuser. Il se rendit donc chez M. de Stromberg, et fut charmé d'y rencontrer aussi le généreux Abraham. La conversation ne tarda pas à s'engager, et Fridoline en devint le principal sujet. « Hélas! dit le comte, si je pouvais avoir le bonheur de la revoir, je lui offrirais avec empressement la seule réparation qui soit digne d'elle, ma main et ma fortune. Ce n'est qu'en ce moment que j'apprécie toutes ses vertus, toutes ses belles qualités, et que je sens combien elle m'est chère. Elle est sortie de ce long procès pure et sans tache. Je suis maître de mes actions, et me soucie fort peu de ce que le monde dirait de cette prétendue mésalliance. »

Le comte voulut continuer, lorsqu'un domestique vint annoncer M. le baron Steinau et mademoiselle sa fille.

Le comte fit un mouvement d'impatience, et son visage se rembrunit; car il ne se sentait point dans une disposition d'esprit à se trouver avec des étrangers. Cependant les deux battants de la porte s'ouvrent, les étrangers entrent... et le comte jette un cri de surprise en reconnaissant Fridoline et son père. Il tomba à leurs pieds, et les supplia, en pleurant, de lui pardonner son injustice. M. de Stromberg lui expliqua ensuite comment on avait appris que M. Verner était le baron Steinau.

« Rappelez-vous, monsieur le comte, ajouta M. de Stromberg, que vous avez dit vous-même devoir une réparation à mademoiselle et à son père : je pense que le moment est venu de réaliser cette promesse. »

Fridoline ne sut répondre que par des larmes d'émotion à la proposition du comte, et s'en remit à la sagesse de son père, qui l'accepta.

Nous ne continuerons pas la peinture des scènes qui suivirent. Le comte de Vellau et Fridoline devinrent les époux les plus heureux. Dix années de l'union la plus fortunée s'étaient écoulées, lorsqu'un jour, se promenant aux environs du château, ils rencontrèrent une pauvre mendiante, maigre et décharnée, qui les pria de lui faire l'aumône. Fridoline recula de surprise, et la mendiante, jetant un cri, tomba évanouie. Les domestiques accourus la transportèrent au château ; on se hâta de la rappeler à la vie... C'était Dorothée !...

Cette infortunée avait subi les dix années de reclusion à laquelle elle avait été condamnée. Elle avait enfin recouru à Dieu et reconnu avec n vif repentir combien elle l'avait offensé par une vie souillée de crimes et de vices ; sa contrition était profonde et sincère. Dès qu'elle eut recouvré ses sens, elle tomba à genoux et demanda pardon à Fridoline. Avec quelle joie cet ange de bonté lui accorda son pardon ! Le comte de Vellau obtint pour elle une cellule dans l'hospice du baron de Stromberg, et la bonne Fridoline agrandit par la suite cet établissement de bienfaisance, en y fondant un refuge pour les filles repenties. Celles qu'on y admettait recevaient en entrant une petite tablette destinée à être suspendue dans leur cellule. On y lisait ces mots :

« Dieu tout-puissant et miséricordieux, ayez « pitié de tout pécheur dont le repentir est « sincère, et, après lui avoir pardonné ses « fautes, accordez-lui la paix et la vie éter-« nelle! »

FIN.

TABLE

—

Tours, impr. Mame.

www.ingramcontent.com/pod-product-compliance
Lightning Source LLC
LaVergne TN
LVHW020317230826
846091LV00003B/700

* 9 7 8 2 3 2 9 2 1 5 2 5 9 *